DIE REISE DES MORALISCHEN HERZENS

Buch

Einst lebte ein kleines Herz in der Brust eines gerechten Mannes. Dieser Mann war gut und voller Barmherzigkeit.

Doch das kleine Herz wollte die Welt kennenlernen und so machte es sich eines Tages auf den Weg in die Welt hinaus.

Es sprang aus der Brust des Mannes und zog fort.

Da dieser gerechte Mann nun aber kein Herz mehr besaß, wurde er grausam und gefühlskalt. Man begann, sich vor ihm zu fürchten.

Unterdessen befand sich das Herz auf einer Reise um die Welt. Naiv wie es war, glaubte es nur an das Gute, nie hatte es Gräuel erleben müssen. Doch fortan draußen in der großen weiten Welt fand es nur noch Übel vor.

Schlechte Herzen machten seine Bekanntschaft. Er lehrte sie seine Tugenden und versuchte die schlechten Herzen zu verändern.

Wird das Herz es schaffen?

Wird es je wieder in die Brust des Mannes zurückkehren?

Und was geschieht mit diesem Mann?

Wird er auf ewig herzlos bleiben?

MEL MAE SCHMIDT

Die ReiSe des moralischen Herzens

Mit Illustrationen

Dieses Taschenbuch ist auch als Ebook erhältlich.

TWENTYSIX – Der Self-Publishing-Verlag
Eine Kooperation zwischen der Verlagsgruppe Random House und BoD – Books on Demand

Mel Mae Schmidt © 2018
https://melanieschmidtofficial.de.tl

Herstellung und Verlag:
BoD – Books on Demand, Norderstedt.

ISBN: 9783740749323

(Überarbeitete Neuversion)

E in böser scharfer Wind blies durch die Wälder, er pfiff wild erbost um jedes Häuserdach. Voll Zorn trieb er jedes Geschöpf halb erfroren in warme Herbergen. Schutzsuchend kroch man unter wärmendes Laub oder Stroh.

Langsam fielen sanft die ersten Schneeflöckchen des Jahres und bemühten sich, den erzürnten Wind zu besänftigen.

Doch der wilde Eiswind stob die kleinen unschuldigen Flöckchen auseinander und pfiff gehässig seine Klänge.

Die Schneeflocken fielen daraufhin in großen Mengen vom dunklen Himmel herab und der kalte Wind hatte Freude daran, diese nun umso erzürnter umherzupeitschen.

Voll Eifer versuchten die Schneeflocken in sanftem Tanz hinabzugleiten, doch der Wind war voller Zorn. Weißglut erhitzte sein Gemüt und keiner konnte ihm entkommen. Mit riesigen eiskalten Händen warf er die Flocken herum und blies seine Schärfe mit voller Kraft auf die Erde hinab.

Gierig blies er scharfe Züge und alles was nicht feste stand, wurde hoch- und davongewirbelt.

Sternenklar war der Abend und der aufkommende Frost begann ins Land einzuziehen. Väterchen Frost trat stillen Schrittes seine Einkehr an und hüllte alles in seinem frostigen

Schleier ein, sodass nach und nach auf jeder Oberfläche eine weiße glitzernde Eisschicht lag und sein Darunter augenblicklich gefror.

Nichts blieb vor ihm verschont.

Der eiskalte Winter bezog sein Quartier.

Mit kalter harter Hand schob er den Herbst beiseite, der lange den Sommer vor dem kommenden Winter warnen, als auch diesen auf ihn vorbereiten wollte.

Nun herrschte ein strenger Schneesturm und kein Lebewesen wagte auch nur einen Fuß vor die Türe zu setzen, wenn es nicht sein musste.

Ausgenommen der vielen Obdachlosen, deren Schicksal nun in den eiskalten Händen des Winters lag und er wohl einer nach dem anderen das Leben aus der Brust saugen und erkalten lassen würde.

Das helle Licht der Straßenlaternen brach sich in den vielen herumirrenden Schneeflocken und erzeugte reflektiertes glitzerndes Licht in der immer größer werdenden Schneedecke auf den Straßen, Dächern und Büschen.

Die restlichen Blätter der Bäume lagen verdorrt und braun, nun mit Weiß bedeckt, hie und da herum und zeigten auf, dass das Leben vorbei und nun der Tod heraufgezogen ward.

Im neuen Jahr würde das Leben aber wieder in voller Pracht

und Blüte zurückkehren und den frischen milden Duft der blühenden Blumen mit sich bringen.

Solange würde der Tod im eiskalten Mantel regieren und mit dem wilden scharfen Pfeifen des frostigen Windes seine Hymne erklingen lassen, um die neue Regentschaft einzuläuten, sodass alle Wesen von dieser Kunde erführen und dem neuen Herrscher huldigen mögen.

Eine frostige Kälte pfiff um jedes Häuschen und suchte gierig Einlass.

Fand sie keines, so versuchte sie es mit kleinen Rillen oder Lücken im Gemäuer, um sich bemerkbar zu machen.

Ward es einem kalt, begann man zu frieren, so wusste sie, dass sie bemerkt wurde und schlang ihre Arme noch fester um diese Person.

In einem dieser Häuschen saß ein gerechter Mann und las ein Buch. In seiner großen Bibliothek saß er da vor dem warmen Kamin und schmökerte mit erquicktem Herzen. Voller Leidenschaft saugte er jedes einzelne Wort der Lektüre auf und ward so versunken in dieser anderen Welt, dass er gar nicht mitbekam, wie auch in seinem Häuschen die Kälte mit gierigem Herzen Einlass durch eine Luke fand und ihn langsam hart umarmte.

Es schien, als würden all die vielen Bücher in den Regalen

diesen gerechten Mann mit ihren Zeilen wie eine warme Decke aus geschriebenen Worten umschlingen und beschützen.

Immer tiefer grub sich die Kälte in das Fleisch dieses Gerechten, bis es in die Knochen vordrang. Sein Leib begann arg zu zittern und zu erbeben und die Kälte begann bereits höhnisch zu grinsen. Sie fügte dem Manne noch mehr Kälte hinzu, doch dieser regte sich kein Stück.

Die Kälte wunderte sich und umschlang ihn immer fester und fester.

Aber es half nichts. Da erschrak die Kälte beim Anblick seines Herzens, welches warm und wohlig in der Brust des Mannes schlug und ließ sofort von diesem ab. Dieses Herz war so voller Güte, Wärme und Liebe, dass die Kälte nichts ausrichten konnte.

„Guten Tag", sprach da das Herz zur Kälte. „Wie geht es Dir, meine Tochter?"

Es lächelte.

Die Kälte war erschrocken und starrte das Herz nur an. Dieses lächelte die Kälte weiterhin freundlich an und war rein und fein und ohne Vorurteil.

Es kannte nichts Schlimmes, alles Böse war ihm fremd.

Das Herz sah die Kälte erwartungsvoll an. Aber die Kälte wollte nicht darauf antworten. Ihr war alles Nette und Gute fremd.

Sie wandte sich ohne ein Wort ab und schwand hinfort. Das Herz lächelte nur gutmütig und beließ es dabei. Es traf ja nicht oft auf Gesellschaft!

Der gerechte Mann bekam von alldem nichts mit, zu versunken schien er in seiner Welt der Bücher. Was ein Buch ihm zu sagen hatte, was es ihm mitteilen wollte, darauf hörte der gerechte Mann wie kein anderer. Stunde um Stunde konnte er sich einem Buche widmen, sich ihm gänzlich hingeben und sich in ihm verlieren. Wie einem guten Freund lauschte er den vielen Worten des Buches und vernahm fast gierig jedes einzelne Wort, das ihm ein Buch zuflüstern konnte, mit solcher Hingabe, dass er fast schon sein Herz daran verlor. Der gerechte Mann, der Bücherflüsterer, ging nicht oft vor die Türe, zu gern verbrachte er seine Zeit in seiner Bibliothek, bei all seinen geliebten Freunden und lauschte ihren Erzählungen von fremden Ländern, Kulturen und Abenteuern. Doch wenn man mal den gerechten Mann auf der Straße traf, so ward diese Begegnung nie umsonst: Jedem Menschen, dem er begegnete, gab er im Vorbeigehen einen Zettel mit, auf dem ein Spruch oder ein guter Gedanke stand.

Man wunderte sich zunächst, doch wenn man dann den Zettel öffnete und einen guten aufmunternden Satz darauf fand, so ward man überglücklich und befand diesen Mann als gut und sorgend.

Und fragte man ihn um Rat oder Hilfe, so fragte man niemals umsonst.

Selbst dann nicht, wenn er wieder einmal mit einem guten Buch dasaß und sich selbst gut sein wollte.

Er half gern.

Immer.

Tag wie Nacht.

Wenn man bei ihm anklopfte, klopfte man nie vergebens.

Sein weites, gutes Herz war endlos, seine Liebe und Hilfsbereitschaft grenzenlos. Er war alleinstehend und war neutral in seinem Geschlecht. Wenn er nur seine Bücher hatte war er der glücklichste Mann der Welt. Und solange sein Herz rein war, befand er sich und die Welt als gut.

Besonders am Abend, wenn es anfing zu dämmern, saß der gerechte Mann wieder in seiner großen Bibliothek in seinem großen roten Ohrensessel vor dem knisternden Kamin und lauschte begierig den weisen Worten eines seiner vielen wortgewandten Freunde, der ihn allabendlich in ferne Länder zu fernen Kulturen in unbekannte neue Abenteuern brachte.

Viele Frauen schwärmten für diesen gerechten Mann, doch er sah sie nicht. Viele Männer ersuchten seine Gesellschaft, doch er sah sie nicht. Das war noch nicht einmal böse gemeint, denn er half ansonsten immer wo er konnte. Aber, diese Menschen waren nunmal keine Bücher. Sonst hätte der gerechte Mann keine Sekunde lang um deren Gesellschaft gezögert.

Trotzdessen, dass der gerechte Mann selten vor seine Türe trat, besaß er einen guten Ruf. Man mochte ihn.

Die seltenen Fälle wo er seinen Fuß auf das Trottoir setzte, waren immerzu gefüllt mit Güte, Freundlichkeit und netten Worten. Pure Sympathie strömte ihm entgegen. Nicht nur, da er ein wohlhabender Mann war und somit keiner Arbeit nachging, sondern auch, da seine Visage solch eine strahlende Sympathie ausstrahlte, dass man ihn, sobald man ihn erblickte, gernhaben musste.

Der gerechte Mann besaß einen großen Satz Bücher. Seine Bibliothek war vom Fußboden bis hoch unters Dach vollgestopft mit Büchern jeder Art. Er las für sein Leben gern. Nicht nur Geschichten, nein, auch gerne mal Sachbücher oder Biografien las er. Obwohl so manche Biografie ebenso einer Geschichte glich, einer wahren Geschichte aber.

Nichts Schlechtes, Unsittliches, Anstands-, Sitten- oder Niveauloses kam in das Haus des gerechten Mannes. Er war ein Mann höchster Moral und pflegte seine Tugenden. Sein

Geist erhielt ausschließlich Erhabenes und Gehobenes zur Nahrung. Verdorbenes kannte es nicht.

Der gerechte Mann sorgte mit hoher Bedachtheit dafür, dass nur Gutes an sein Herz und seinen Geist geriet und sinnierte über dies und das philosophisch nach ehe er allabendlich zu Bett ging. Er war ein Mann weniger Worte, aber vieler Gedanken. Würde er all das, was er dachte, tatsächlich aussprechen, so käme sein Mund nie zur Ruhe. Selbst des nachts hielt er sich selber vom Schlafe mit tiefgründigen Gedanken ab und sein Geist blieb immerzu scharf und hellwach. Tagein, tagaus war der gerechte Mann frohen Gemüts, denn sein Herz pochte vergnügt in seiner Brust. Wie sollte es auch anders sein? Nur Schönes kannte das Herz, die Grausamkeiten der Welt dort draußen waren dem kleinen Herzen fremd. Es ahnte nicht mal, dass es eine andere Welt gab. Noch dazu eine böse. Eines Tages jedoch erhielt sein Herr, der gerechte Mann, einen Brief.

Er öffnete diesen und sofort stach dem Herz etwas durch den Leib. Es war ein grauenvoller Schmerz, den das Herz nie zuvor verspürt hatte. Es konnte kaum atmen, es rang nach Luft.

Dem gerechten Mann liefen heiße dicke Tränen über das Gesicht und verwischte so die Tinte des Briefes. Er musste sich hinsetzen und legte eine Hand an sein Herz.

„Oh, du großer Gott", brach es voller Schmerz aus ihm heraus. „Oh Gott!" Dem Herz war all das fremd. Was geschah hier nur? Was hatte das zu bedeuten?

Der gerechte Mann schnäuzte sich mit einem Taschentuch und wischte sich nach einem furchtbaren Ausbruch an Tränen diese aus dem Gesicht. Seine Augen waren rot, nass und verquollen. Schon viele Jahre hatte der gerechte Mann nicht mehr geweint.

„Nein, nein, nein", flüsterte der gerechte Mann immer wieder. „Nein, nein, nein."

Der Schmerz, den das kleine gerechte Herz verspürte, ließ nicht nach. Es stach diesem immer tiefer, immer brennender durch den Leib. Ein glühendes Schwert brach sich Bahn durch das gute Herz und erschütterte dieses so sehr, dass es dachte, es könne nicht mehr weiterschlagen. Mit aller Kraft versuchte das Herz weiterzupumpen, seinen Herrn und sich selbst am Leben zu lassen und weiter Blut durch den Leib zu befördern, auch wenn der Schmerz immer schlimmer wurde. Das Herz musste an sich halten, um nicht zu schreien.

Es überschlug sich wild und hoffte auf das Verschwinden des Schmerzes.

Plötzlich fiel der gerechte Mann auf die Knie seiner mit Büchern prallgefüllten Bibliothek nieder und weinte und stöhnte und jammerte voller Kummer.

Das Herz konnte nicht mehr. Nun schrie auch dieses.

Ein glühender Stich durchfuhr es und füllte es gänzlich aus.

Das kleine Herz geriet in Panik. Es wusste nicht, wie lange es noch schlagen konnte, wann ihn der Schmerz still stehen ließ. Wann es erlosch.

Der gerechte Mann schlug hart mit einer Faust auf den harten Holzboden und fand kein Ende in seinem Tränenmeer. Er konnte nicht mehr aufhören.

Erst eine gute halbe Stunde später fand der Mann langsam Ruhe und keine Träne war mehr da, nur noch betäubte Leere.

Ganz langsam richtete sich der gerechte Mann auf und nach kurzem Wanken setzte er sich in seinen großen Ohrensessel und sah dem lodernden Feuer im Kamin zu.

Noch immer hielt er den unglückbringenden Brief in der Hand, nun ganz zerknittert und nass. Müde und schwach wegen all der Tränen fiel der Mann schon bald in sanften Schlaf und sein Herz, sein müdes kleines Herz, fand allmählich wieder zur Ruhe zurück, behielt jedoch das brennende Schwert in seinem Leib, welches in dem Brief enthalten lag.

*W*enige Tage später stand der gerechte Mann vor seinem Spiegel des Ankleidezimmers und starrte sich selbst aus roten verquollenen Augen an. Er sah an sich hinab: Schwarz.

Sein ganzer Anzug war komplett schwarz.

Eine einzige Finsternis.

Sein einst so erquicktes Herz war nun nur noch ein schmerzender und betäubter Apparat in seiner Brust. Es besaß sehr viel Kummer und schaute seit jenem furchtbaren Tag, an dem dieser Brief den gerechten Mann erreichte, nur noch aus trüben Augen drein.

Es hatte nicht minder Lust Freitod zu begehen, das Pumpen einfach einzustellen. Das Blut nicht mehr weiterzuleiten.

Einfach stehenzubleiben und zu erlöschen.

Der gerechte Mann seufzte.

Erneut stahl sich eine kleine Träne aus dem Auge und rann eilig die Wange hinab, wo sie zunächst anhielt und wohl überlegte, ob sie wirklich springen sollte. Kurz darauf sprang sie und fiel sicher auf den Anzug des gerechten Mannes.

Doch diesem war es egal. Nun war ihm alles egal.

Er hatte das Liebste verloren, was er auf Erden noch sein

Eigen nennen konnte. So schnell konnte ein Leben enden. Vor
den eiskalten Händen des Todes war keine Seele sicher, keiner
konnte diesen entgehen.

Sie greifen nach einem voller Gier und packen voll Lust zu, um
die Seele in eine andere Welt zu tragen, die der irdischen
fremd ist. Kein Irdischer kann je dorthin gelangen, außer
durch den Tod.

Das Leben muss hier beendet werden, um es woanders auf
eine andere Art und Weise und in anderer Sphäre weiter zu
begehen. So war das Leben. Keiner konnte ihm je entrinnen.

Wer begann zu existieren, musste damit weitermachen.

Eine Wahl gab es nicht, keiner wurde je danach gefragt.

Zumindest war sich keiner dem bewusst.

Der gerechte Mann sah auf seine Uhr und wischte die Träne
aus dem Gesicht. Er schnäuzte sich.

Draußen rieselte der Schnee leise und legte jedem traurigen
Kinde, Manne oder Weib seine sanften Finger auf die
Schultern, um ihnen Trost zu zuflüstern.

Ohne Aufhebens bedeckte der eiskalte Herrscher sein Volk mit
weißem Glanz und schlich sich so in die Herzen seiner
Untertanen, die sich von Schnee und Eis verführen und so
beherrschen ließen.

Zittrig nahm der gerechte Mann Stock, Hut, Mantel und Schal

und verließ das Haus. Niemand, der ihm begegnete, wagte es, den gerechten Mann anzusehen oder gar anzusprechen.

Die Kunde des tragischen Ereignisses machte schnell überall die Runde und man hatte großes Mitleid mit diesem gütigen, barmherzigen, allzeit hilfsbereiten gerechten Manne.

* * *

„Mein Beileid", sagte ein kleiner schmächtiger Herr und schüttelte dem gerechten Mann sanft die Hand. Dieser wiederum nickte dankend. Eine längere Reihe Menschen stand an, um dem gerechten Mann ihr tiefes Mitgefühl auszusprechen. Mit betäubtem, schwerem Herzen nickte er nur hin und wieder und ließ all das über sich ergehen.

Dann, endlich, stand er am geschlossenen Sarg. Zitternd legte er eine Hand an diesen und schluckte schwer.

Er rang verzweifelt um Fassung.

Alle beobachteten ihn mit schwerem Herzen.

Der gerechte Mann schluchzte und weinte nun doch bitterlich und stützte sich vor erdrückendem Kummer auf den Sarg.

„Nein", flüsterte dieser, „nein, nein, nein. Es ist nicht wahr, es kann und darf nicht wahr sein."

Lautes Schluchzen erfüllte den Raum.

Die Menschen um ihn sahen einander voller Trauer an und wussten dem armen gerechten Mann nicht zu helfen.

Zusammen mit ihm weinte auch sein Herz in der Brust, dessen glühendheißer Stich nun wieder brannte und seine feurige Zunge das kleine Herz fast verspeiste.

Voller Gram entlud sich das zerstochene Herz in Tränen und Schreie und konnte kein Ende finden. Zu stark war die Feuerwunde, die sich in das Herz hineinbrannte, zu stark die Betäubung und Leere.

So etwas hatte das Herz noch nie erlebt.

So ein starkes bitt´res Leid war ihm fremd. Der Leidenskelch war bis zum Rand mit schwarzer Galle gefüllt. Und das kleine Herz musste ihn leer trinken. So hatte es ihn sein Herr gelehrt: Weise niemals ab das Leid, sprach der gerechte Mann einmal, denn um das Paradies zu gewinnen, muss zunächst die Hölle durchquert und Dämonen besiegt werden, deren Heim unsere Seele ist. Erst wenn wir das Giftige, Böse, Faulende abtöten, dürfen wir gereinigt eintreten.

Die Beerdigung verlief für den gerechten Mann gefühllos und betäubt ab. Wie aus einer anderen Welt sprach der Priester am Grab und sah den gerechten Mann mitleidig an.

Dann wurde der Sarg mitsamt dem geliebten Menschen darin ins Grab hinabgelassen und zugeschüttet. Der gerechte Mann sah teilnahmslos zu.

Sein Herz pochte erschöpft in seiner Brust, müde, ausgebrannt, tot. Keine einzige Träne war mehr übrig, um weiter zu weinen. Er war komplett trocken, wie die Sahara.

Noch lange blieb der gerechte Mann am Grabe stehen, nachdem schon alle anderen gegangen waren. Er wollte nicht zum Leichenschmaus gehen. Er sah keinerlei Sinn dahinter. Es war, als äße man den Verstorbenen, vor allem, wenn er an all die verschiedenen Fleischplatten dachte, überkam ihn furchtbarer Ekel.

Er betrachtete den Grabstein lange und konnte nicht fassen, dass dieser eine besondere Mensch nun dort unten in der Erde lag.

Leblos.

Ohne Atem.

Eiskalt.

Wie es wohl war? Nicht mehr zu sein?

Der gerechte Mann schnäuzte sich. Sein warmer Atem dampfte in der Kälte. Bisher war der Tag schneefrei verlaufen. Doch nun tanzten wieder ein paar kleine weiße Flocken vom Himmel hinab. Einige legten sich ganz sanft und mild auf den Hut und die Schulter des gerechten Mannes als wollten sie ihm ihr Beileid aussprechen und ihm Trost spenden.

Wie kleine kalte Geister umgaben sie ihn und flüsterten ihm Schmeicheleien in sein Ohr.

Von guten Tagen sprachen sie, schönen Erinnerungen und von einem guten Herzen.

Nichts war für die Ewigkeit, alles vergänglich, doch nichts hinfällig.

Momente, die einst waren, waren nicht gleich beim Hinscheiden gleichgültig. Sie lebten weiter und im Wind der Irdischkeit tanzten sie weiter ihre Lufttänze voll Glückseligkeit. Was weg schien, war nicht weg. Es hatte bloß eine andere Form angenommen. Wie eine Raupe nicht weg war, sobald sie ein Schmetterling wurde, so war der Mensch, der hinscheidet, auch nicht weg, sondern besitzt nun in einer anderen Welt eine andere Form.

So sprachen die Schneegeister, die nun zahlreicher ihre Tänze vollführten und sanft die Oberflächen mit weißem Puder bezogen.

Nun trat der Wind hinzu und umschlang den gerechten Mann mit seinen Klängen. Er packte ihn und rüttelte an diesem. Er pfiff wilde Geräusche und zerstob die sanften Tänze der Schneeflocken.

Der gerechte Mann schniefte. Es war Zeit zu gehen. Er würde wiederkommen. Nichts würde sich hier verändern, der ewige

Schlaf war unveränderbar.

„Leb wohl", sprach er und schritt durch den wilden Tanz der Schneeflocken und des Windes hindurch ohne sich noch ein letztes Mal umzudrehen.

* * *

Daheim in seiner Bibliothek angekommen, setzte er sich erschöpft in seinen Ohrensessel. Der Kamin war frisch entfacht. Seine Haushälterin hatte kurz bevor sie ging schnell eben diesen für ein mollig warmes Heimkommen angemacht.

„Damit es Ihnen zumindest körperlich warm ist, wenn es denn seelisch nicht so ist", hatte sie gesagt und den gerechten Mann aus traurigen Augen angesehen.

Sie ist so gut zu mir, dachte der gerechte Mann und nahm erst jetzt den wohligen Kakaogeruch wahr. Er blickte auf den kleinen Tisch neben dem Ohrensessel und war bass erstaunt, dort eine große Tasse dampfender heißer Schokolade als auch Gebäck vorzufinden.

Sofort überkam dem gerechten Mann ein glückseliges Gefühl. Sein Herz hüpfte in seiner Brust und freute sich über etwas Gutes, sei es noch so klein.

Er griff beherzt zu der großen dampfenden Tasse und sog den

Kakaogeruch tief ein.

Er seufzte. Dann nahm er einen Schluck. Sein Herz tanzte.

Ich fühle mich wie ein kleiner Junge, dachte sich der gerechte Mann.

Das Leben kam langsam wieder zu ihm zurück.

Verrückt, was eine Tasse heißer Schokolade ausrichten kann, dachte er und schlürfte genüsslich seinen Kakao.

Er umfasste die Tasse mit beiden Händen und eine Flut warmer Wonne erfüllte den gerechten Mann und kitzelte sein Herz. Er nahm sich etwas von dem Gebäck und tauchte es kurz in den heißen Kakao ehe er es verzehrte.

Es tat gut und erwärmte nicht nur den Leib. Auch die Seele, das Herz füllte sich mit großer Freude. Schokolade war bekannt als Seelenschmeichler. Schokolade tröstete, half, tat gut. So saß er da, der gerechte Mann, und ließ es sich gut gehen.

Inzwischen tobte draußen ein schwerer Schneesturm und der gerechte Mann war froh, nicht zum Leichenschmaus gegangen zu sein. Er hätte sonst in diesem Sturm nach Hause gemusst.

So saß er nur in seinem großen Ohrensessel und aß und trank und sah dem Feuer im Kamin beim Tanz zu.

Seinen Gedanken ließ er freien Lauf, während sein Herz langsam und bedächtig in seiner Brust schlug. Es genoss, dass der tiefe Schmerz gerade nachließ und hoffte, dass er nicht mehr so bald wiederkehrte. Zwar saß das glühendheiße Schwert weiter im kleinen Leib des Herzens, dennoch bewegte es sich derzeit nicht und riss so nicht weiter an der klaffenden Wunde.

So saß der gerechte Mann still da mit seinem kleinen Herzen und verlor sich in Gedanken. Wie in Trance starrte er in das Feuer und atmete ruhig ein und aus. Wie lange er nur so dasaß vermochte er nicht zu sagen. Zeit und Raum verloren sich und wurden eins.

Irgendwann jedoch sah er auf seine Uhr und war erschrocken, drei Stunden lang nur so dagesessen zu haben. Sein Magen knurrte und verlangte nach einer ordentlichen Mahlzeit. Seine Haushälterin hatte bereits alles vorbereitet und warmgestellt, sodass der gerechte Mann es nur noch zu essen brauchte.

Sie ist viel zu gut zu mir, dachte er bei sich, ich muss mich unbedingt bei ihr bedanken. Sie hat mich aufgeheitert und getröstet.

Nach dem Essen ging er von der Küche zurück in die Bibliothek, wo er sich mit einem seiner besten Freunde zurück in den Ohrensessel setzte und begann, in eine andere, bessere, leidlosere Welt zu entschwinden.

Gierig begann er die Worte aufzusaugen, wie er es eh und je

getan hatte.

bwohl das schmerzende heiße Schwert noch quer in seiner Brust stand, bereit, erneut anzugreifen und zu zustechen, kam das Leben zurück in das Herz des gerechten Mannes und er fand großen Trost bei seinen treuen Freunden, den Büchern.

Zwar lag der gerechte Mann des nachts oft da und weinte bis ihm die Augen zufielen, doch wurde ihm Woche für Woche leichter ums Herz.

Er entdeckte die Schokolade für sich und trank seit jenem furchtbaren Tag, als er von der Beerdigung heimkehrte, heißen Kakao zu seiner Lektüre.

Heißer heilender Balsam legte sich auf sein Herz und half dem gerechten Manne zu verarbeiten, was man ihm genommen hatte.

Das kleine gerechte Herz in seiner Brust begann sich zu erholen und konnte bald schon wieder hüpfen und lachen.

Der gerechte Mann las nun während seiner Trauer umso mehr Bücher und umso gieriger als je zuvor. Zusammen mit der heißen Schokolade hatte er eine heilende neue Therapie für sich entdeckt gegen Depressionen und wandte sie immerzu voller Herzblut an. Er war seiner Haushälterin voll des Lobes bezüglich der heißen Schokolade und dankte ihr fast täglich für ihre Idee, ihm welche zu kochen.

„Mein Herz bedankt sich bei Ihnen, meine Teuerste", sagte der gerechte Mann und gab seiner Haushälterin einen Handkuss.

Diese lächelte nur verlegen und rief: „Ach, Sie Charmeur, es ist doch nur heiße Schokolade!" Sie lachte.

Der gerechte Mann lächelte. „Für mich ist es Erlösung."

* * *

Schon bald würde der Frühling nahen und den eisigen Tod in wärmendes Leben verwandeln.

Schon Wochen vorher zeigte sich die Sonne immer öfter und ließ den Frost der Nacht dahinschmelzen. Die ersten Vögel ließen ihre Gesänge von Bäumen und Häuserdächern erklingen und hier und da fing das ein oder andere Insekt an, umherzusummen.

An einem sonnigen Sonntagmorgen war dem gerechten Mann nach einem Spaziergang.

Es war noch immer kalt und der Atem gefror noch immer an der eiskalten Luft. Dick eingepackt, den Hut auf dem Kopf, den Gehstock in der Hand verließ der gerechte Mann zum ersten

Mal nach Wochen wieder sein Haus. Draußen begegnete er allerlei Schönem.

Ebenso liefen ihm bekannte Gesichter über den Weg. Nur mit zaghaftem Lächeln sah man den gerechten Mann an, wusste man doch um sein schweres Herzeleid. Noch immer wusste man nicht, wie ihm begegnen. Sollte man lächeln, ihn grüßen? Oder lieber nur zu Boden starren?

So war es an dem gerechten Mann zuerst zu lächeln und zu grüßen, um allen zaghaften Menschen aus ihrer Herzbeklemmung herauszuhelfen. Und um zu zeigen: Ich bin wieder da. Der Tod hat nicht mein inneres Lebensfeuer ausgelöscht.

Als die Menschen sahen, dass der gerechte Mann nicht länger vom Tod und seiner Trauer niedergedrückt war, hellten sich ihre Gesichter erheblich auf und sie lächelten und grüßten herzlich zurück.

Der gerechte Mann fühlte sich so lebendig wie schon lange nicht mehr und sein Herz hüpfte erquickt in seiner Brust und freute sich wieder des Lebens.

So wanderte der gerechte Mann in den sanften Sonnenstrahlen des beginnenden Frühlings umher und sog alles auf, was ihm begegnete. Hier ein kleiner Junge, der seinem Ball quietschend und jauchzend hinterher lief, dort eine alte Dame, die den Tauben alte Brotkrumen hinwarf und begeistert zusah, wie diese die Krumen aufnahmen. Obwohl noch eiskalt, atmete der gerechte Mann die frische Luft tief ein. Mit neu beflügelter Lebenslust spazierte er durch den nahegelegenen Park und ließ sich dort bald auf einer Bank nieder. Diese Bank stand unter einem großen Baum, dessen Wipfel jedoch noch keine Blätter trug und so den sanften Sonnenstrahl hindurchwarf, in dessen Mitte nun der gerechte Mann saß und die Strahlen auf sich wirken ließ. Er schloss die Augen und lebte.

Sonst nichts. Bloßes sein. Nichts war mehr von Bedeutung, nur das Ein- und Ausatmen, das Genießen, das Hier und Jetzt. Dieser eine Augenblick. Inmitten der Natur, der schönen Seite der Pilgerreise durch das Leben. Einfaches Sein. Inmitten aller anderen Geschöpfe, jeder mit seiner eigenen individuellen Art, jeder ein Salzkorn auf dieser Welt.

Der gerechte Mann öffnete wieder seine Augen. Doch in diesem Augenblick erkannte er einen älteren Herrn, der auf der anderen Seite des Parks auf einer Bank kauerte und offenscheinig weinte. Der gerechte Mann seufzte mitleidig. Dann fasste er sich in die Innenseite des Mantels und holte seine Schriftsammlung mit den kleinen Zetteln hervor, die er damals gelegentlich anderen Menschen im Vorbeigehen zur

Aufmunterung zusteckte. Das war lange her.

Er besah sich nun alle Zettel und fand schließlich das Passende. So stand der gerechte Mann auf und ging zu diesem armen alten Herrn hinüber. Als er vor diesem stand, blickte er aus blutunterlaufenden Augen auf. Der gerechte Mann hielt ihm mit sanftem Lächeln den Zettel hin. Verwirrt nahm der alte Herr diesen entgegen und öffnete ihn zaghaft:

„Nimm das feuerheiße Schwert frohen Herzens aus den Händen des Lebens entgegen, denn du weißt nicht, ob eines kommt, das giftigerer Natur und hundertmal heißer ist als das gegenwärtige."

Der alte Herr sah ungläubig zu dem gerechten Mann auf und hauchte nickend ein „Ja". Er wusste um das Leid des gerechten Mannes und daher auch, dass dieser Spruch keine hohle Phrase von ihm war.

Der gerechte Mann lächelte den armen alten Herrn noch ein letztes Mal an und wandte sich zum Gehen. Auf dem Weg zurück zu seiner Bank dachte er über seinen eigenen Spruch nach. Es war so wahr. Selbst wenn es einen noch so hart traf, wer konnte wissen, ob das nächste, was einen trifft, nicht noch hundertmal härter war? Der gerechte Mann wurde ernst.

Er sah, als er sich zurück auf die Bank setzte, hinüber zu dem alten armen Herrn. Wie benommen saß dieser auf der Bank und wirkte wie ein Häufchen Elend. Doch er hatte aufgehört zu weinen und schien nun sehr nachdenklich.

„Sei gesegnet", flüsterte der gerechte Mann und wünschte diesem kleinen armen traurigen Männchen von ganzem Herzen alles Gute.

Voller Mitgefühl senkte er sein Haupt und schloss die Augen. Plötzlich tippte ihm kurz darauf jemand auf die Schulter und der gerechte Mann sah auf. Es war das kleine Männchen.

Er war sehr verwundert darüber. „Ja, bitte?", sagte der gerechte Mann und lächelte herzlich.

„Ich danke Ihnen", sagte der alte Herr und lächelte zaghaft.

Der gerechte Mann lächelte weiter. „Jederzeit gern."

„Wie kann ich Ihnen auch gut sein?", fragte das Männchen.

Der gerechte Mann winkte ab. „Umarmen Sie einfach einen Baum mit Ihrem ganzen Herzen und mit aller Liebe und Ihr Schmerz hat keine Macht mehr über Sie." Der gerechte Mann stand auf und zückte zum Abschied seinen Hut. Er schritt von dannen.

Weiter entfernt drehte er sich noch einmal um und sah, wie das Männchen mit Inbrunst den Baum umarmte, wo der gerechte Mann ihn hat stehenlassen.

Voller Hingabe und Hoffnung klammerte sich das Männchen an den dicken, großen Baum und erwartete ein Wunder Gottes. Möge man es ihm gewähren, dachte sich der gerechte Mann mild lächelnd und ging weiter seines Weges.

* * *

Als er nach fast zwei Stunden wieder heimwärts schritt, fühlte er sich frisch und glücklich.

„Ihre Schokolade wartet auf Sie", sagte die Haushälterin und zwinkerte dem gerechten Mann verschmitzt zu. Dieser bekam sogleich große Augen wie ein kleiner Junge am Weihnachtsabend. „Und Kekse?", wollte er gleich wissen. Die Haushälterin lachte. „Ja und auch Kekse."

Der gerechte Mann lachte nun auch. „Sie sind aber auch ein Engel!" Schnell gab er ihr einen dicken Kuss auf die Wange, was diese sofort erröten ließ. „Sie sind ein Schelm."

Der gerechte Mann lächelte. „Ein schokosüchtiger Schelm bitteschön." Er ließ seine strahlendweißen Zähne aufblitzen.

„Nun aber ab mit Ihnen", lachte die Haushälterin. „Sonst wird Ihre heiße Liebe kalt."

Der gerechte Mann grinste. „Zu Befehl, Madam."

Und sogleich verschwand er in der Bibliothek zu seinen

Freunden.

o kehrte das gewohnte Leben zu dem gerechten Mann zurück und das Vertraute legte sich wie wonniger Balsam um das zerstochene Herz. Die nächtlichen Albträume verschwanden und der gerechte Mann erlangte wieder erholsamen Schlaf, um erfrischt zu einem neuen Morgen zu erwachen.

Immer häufiger zeigte sich die Sonne und der Frühling lag bereits über dem Lande. Der gerechte Mann hatte es sich nun zur Gewohnheit gemacht, jeden Sonntagvormittag spazieren zu gehen und am Nachmittag sich mit einer heißen Tasse voll „Liebe", wie die Haushälterin sich auszudrücken pflegte, und mit Keksen und einem Buch in der Bibliothek gemütlich zu machen.

An einem Samstagvormittag, als der gerechte Mann ein wenig in den Geschäften herumstöberte, wurde er Zeuge eines Diebstahls. Es trug sich zu, dass der gerechte Mann in einen kleinen Tante-Emma-Laden trat, als ein Kunde ausrief: „Er ist ein Dieb, er hat etwas mitgehen lassen!" Sofort war der Verkäufer bei dem Dieb und hielt ihn fest.

„Was haben Sie gestohlen?" Der ältere Herr war das traurige

Männchen, erkannte der gerechte Mann und beobachtete, wie dieser einen Apfel hervornahm.

„Ich werde die Polizei informieren", entgegnete der Verkäufer streng.

Das traurige Männchen blickte so furchtbar wehleidig drein, dass dem gerechten Mann vor Mitgefühl das Herz in der Brust schmerzte. Er trat dazwischen. „Das wird nicht nötig sein." Mit Bestimmtheit stellte er sich vor den Verkäufer.

Dieser war etwas kleiner als der gerechte Mann und blickte überrascht zu diesem auf. „Ach, und wieso nicht?"

„Weil ich für ihn bürgen werde", setzte der gerechte Mann entgegen. „Ich werde den Apfel bezahlen."

Er zückte seine Geldbörse.

Der Verkäufer lachte auf. „Und Sie meinen, dass das genügt? Er ist dennoch ein Dieb und die Polizei gehört informiert!"

Er sah den gerechten Mann kühl an.

„Sind **Sie** denn ohne Sünde?" Dies war eine Fangfrage.

Der Verkäufer schien verwirrt. „Wie bitte?"

„Dieser Herr", setzte der gerechte Mann an, „ist ein armer, mittelloser Mann, dem vor Kurzem erst das Schicksal einen Schlag gegeben hat. Er will einfach nur überleben. Es war nicht böse gemeint. Daher frage ich Sie: Sind Sie ohne Sünde? Falls ja, so werfen Sie nun den ersten Stein und informieren die Polizei."

Der gerechte Mann sah den Verkäufer herausfordernd an.
Dieser schluckte, blickte sich nach den anderen Anwesenden
und dem armen Männchen um und sah dann wieder zum
gerechten Mann.

„Na meinetwegen. Bezahlen Sie ruhig diesen dummen Apfel."
Der Verkäufer hielt die Hand auf und der gerechte Mann legte
diesem ausreichend Geld hinein.

„Ist denn nun Genüge getan?", wollte der gerechte Mann zur
Sicherheit wissen.

Der Verkäufer nickte und brummte ein „Ja."

So nahm der gerechte Mann das traurige Männchen mit zu
sich nach Haus, speiste es, wärmte es, denn der Wind war
noch kühl, und kleidete es.

„Haben Sie etwas, wo Sie wohnen können?", fragte der
gerechte Mann und sah das kleine schwache Männchen
mitfühlend an als es den Kopf schüttelte.

„Nein", antwortete es. „Das war mein Schicksalsschlag. Arbeit
weg, Wohnung weg. Obdachlos. Allein." Bittere Tränen liefen
heiß über seine Wangen.

Dem gerechten Manne zerriss dieser Anblick das Herz. Das
heiße Schwert zog und zerrte erneut in seiner Brust. Das
kleine Herz weinte und schrie. Auch die Augen des gerechten

Mannes füllten sich mit heißen Tränen und rannen über seine Wangen hinab.

Sein Mitgefühl war enorm.

Er nahm das tränennasse Gesicht des armen kleinen Männchens sanft in beide Hände und dieses blickte den gerechten Mann aus roten nassen traurigen Augen an. Der gerechte Mann blickte diesen mit ebenselben Augen an und seine Mimik zeigte schmerzerfülltes und unendliches Mitgefühl.

Er sprach: „Mein Bruder, bleibe bei mir. Du bekommst Kleidung, Nahrung, Wärme, ein Dach über deinem Kopf und Liebe. Bei mir wird es dir an nichts mangeln und wenn doch, teile es mir mit und ich werde veranlassen, dass du alles erhältst, was dir zum Glücklichsein noch fehlt." Während er sprach lief ihm eine heiße dicke Träne aus dem Auge. Das arme Männchen sah den gerechten Mann aus großen Augen ungläubig an. „Wie meinen, Herr?"

Der gerechte Mann nickte sanft lächelnd. „Du bist herzlich willkommen. Bleibe im Schutze meines Hauses. Dir wird es gut ergehen."

Das Männchen konnte es kaum glauben. Er wurde im Haus dieses Mannes aufgenommen? Nie wieder hungern, nie wieder frieren, nie wieder einsam.

Sein Herz sprang in seiner Brust und ihm wurde warm. Nun

flossen keine Tränen der Trauer mehr, jetzt traten
Freudentränen hervor.

Das kleine arme schmächtige Männchen begann unter
Freudentränen zu lachen und auch der gerechte Mann lachte
nun, während er Tränen der Freude weinte. Beide Herzen der
beiden Männer in deren Brust lachten und weinten nun auch.
Obwohl das Schwert noch brannte, hüpfte das Herz des
gerechten Mannes in seiner Brust und freute sich.

„Und du darfst dich gern meiner Bibliothek bedienen", bot der
gerechte Mann dem armen Männchen an und zeigte auf die
Regale voller Bücher. „Bestimmt ist auch was für dich dabei."
Der gerechte Mann zwinkerte dem Männchen lächelnd zu und
dieser lächelte auch. „Vielen Dank, Herr."

In diesem Moment erschien die Haushälterin und linste in die
Bibliothek hinein. „Oh, Sie haben Besuch? Soll ich eine
Kleinigkeit auftragen?" Sie lächelte herzlich.

Der gerechte Mann sprang von seinem Stuhl in der Bibliothek
auf, während er dem Männchen seinen geliebten Sessel
angeboten hatte, und rief fröhlich: „Ja, bitte! Bringen Sie jede
Menge Kakao und Gebäck! Wir haben nämlich einen
dauerhaften Gast, er wird ab sofort hier leben."

Der gerechte Mann lächelte die Haushälterin milde an. Diese
sah das arme, in sich kauernde und sehr schüchterne

Männchen an und verstand sofort. Sie lächelte diesem aufmunternd zu. „Sehr gern. Also „jede Menge Kakao" - wie Sie wünschen", lachte sie und verschwand in der Küche.

Der gerechte Mann setzte sich wieder nieder und sagte: „Das ist meine Haushälterin. Und jetzt auch die deine. Sie ist unsere gute Seele und sehr lieb." Er lächelte sanft und zwinkerte dem noch immer sehr zurückhaltenden und bescheidenen Männchen zu, um ihm alles zu erleichtern.

„Hast du schonmal heiße Schokolade – Kakao – getrunken?", wollte der gerechte Mann wissen und beobachtete, wie das Männchen den Kopf schüttelte. „Nein", flüsterte dieses, „nie. Noch nie etwas davon gehört."

„Na, sowas", sagte der gerechte Mann. „Dann wirst du gleich mit einem wunderbaren Seelenschmeichler bekannt gemacht. Unsere gute Seele macht uns jede Menge davon. Es ist wirklich sehr gut für den Geist", sagte der gerechte Mann und schon kam die Haushälterin mit einem Tablett dampfender Schokolade und Gebäck ins Zimmer. „Hier ist eine ganze Kanne voll Kakao", sagte die Haushälterin, „nehmen Sie so viel Sie wollen. Gerne bereite ich neuen zu."

„Vielen Dank, meine Teuerste", sagte der gerechte Mann und die Haushälterin verschwand aus dem Zimmer. Der gerechte Mann gab dem Männchen eine Tasse und nahm dann seine eigene auf.

„Oh, das riecht ja wunderbar", bemerkte das Männchen strahlend und nippte daran. Sofort leuchteten seine Augen.

„Oh ...", war alles, was es vor Erstaunen sagen konnte. Sofort tat er einen ganzen Schluck und war Feuer und Flamme für dieses Getränk. Das Männchen blickte den gerechten Mann verwundert an. „Wie ist das nur möglich? Es ist wie eine Balsamcreme für meine geschundene Seele ... ." Es folgte noch ein Schluck.

„Schokolade tut der Seele gut", sagte der gerechte Mann sanft. „Es hilft mir immer wieder. Fast so gut wie ein guter Psalm. Dir wollte ich das nicht vorenthalten."

Gierig trank das Männchen den heilsamen Balsam und ließ es dann auf sich wirken. Er schloss die Augen. Der gerechte Mann nippte an seiner Tasse und beobachtete das Männchen.

„Nach was schmeckt es für dich?", fragte der gerechte Mann das Männchen. Stille.

Dann öffnete das Männchen die Augen.

„Nach Erlösung."

Der gerechte Mann lächelte. „Ja. Für mich auch."

ie Tage verstrichen und das Männchen lebte sich bei dem gerechten Mann immer besser ein.

Im Ort machte es die Runde, dass der gerechte Mann das arme Männchen, das er vor der Polizei gerettet hatte, bei sich aufgenommen hatte und jedermann hatte großen Respekt vor ihm.

„Er ist so gut", sagten die Gönner.

„Irgendwann wird er nicht mehr so gut sein", sagten die Neider.

Die Männer wollten ihm nun noch mehr begegnen für aufschlussreiche Konversation und die Frauen wollten ihn umso mehr heiraten.

Den gerechten Mann kümmerte beides nicht. Er tat nicht Gutes für Ansehen, für andere, nicht mal für den Himmel. Er tat Gutes, weil er gut **war.**

Weil er gar nicht anders konnte. Sein Herz war so. Gut.

Da das Männchen nun beim gerechten Mann lebte und er bessere Kleidung trug, regelmäßige Nahrung bekam und sich mit frischem Wasser rasierte, sah er nun ebenso ansehnlich aus wie der Hausherr selbst.

Der gerechte Mann ließ sich oft draußen mit dem Männchen sehen und man staunte über die Verwandlung des armen kleinen Mannes. Er sah aus wie der alte Vater des gerechten Mannes, so sehr glichen sie sich. Sie gingen im Park spazieren, der einstigen Wohnstätte des Männchens. Sie fütterten die Tauben, beobachteten spielende Kinder und ließen die beginnende Sommersonne auf sich scheinen. Man wunderte sich über die Weise, wie der gerechte Mann mit dem Männchen umging, dass er ihn als „Bruder" bezeichnete und derlei.

Keiner konnte ahnen, dass der gerechte Mann den „Bruder im Geiste" meinte, dass er sich so mit dem Männchen gleichstellte und ihn auf selber Ebene begegnete und wie einen Bruder verstand, dass er ihn als eine Art Seelenverwandten ansprach. Ebenso verbot er dem Männchen, ihn weiter mit „Herr" anzusprechen – sie sollten Brüder sein, gleich in Stellung, gleich im Geiste, gleich vor der Welt.

Reine, wahre Liebe entsprang zwischen dem gerechten Mann und dem Männchen, wie Brüder waren sie zueinander.

Das Männchen war dem gerechten Mann aus tiefsten Herzen dankbar für die Wandlung seines Lebens. Ebenso, dass der gerechte Mann ihn seine Tugenden lehrte und ihm die Reinheit des Herzens nahelegte.

„Begegne jedem so, wie du möchtest, dass man dir begegnet. Egal, welche Opfer dies von dir verlangt, egal, ob der andere dein Freund, dein Feind, ein Fremder ist. Bleibe im Frieden, verurteile und beleidige nicht", so sprach einmal der gerechte Mann zu dem Männchen, „denn das Leben ist ein Spiel. Es hat Regeln, welche, die einem selber und anderen gut tun. Befolgt man sie, hat man gewonnen. Wer möchte denn freiwillig verlieren?"

Das Männchen war von der Weisheit des gerechten Mannes beeindruckt.

„Sei ein Licht, das hell leuchtet", der gerechte Mann lächelte das Männchen milde an. Dieses sah ihn mit großen Augen an. Er bewahrte, was der gerechte Mann, sein Bruder, ihn lehrte. Denn darin bestand das wahre Leben.

„Und", fuhr der gerechte Mann fort, „wähle immer das Gute. In jeder Situation. Selbst, wenn man dir etwas antut, dich schlägt, dich beleidigt, deine Lieben beschimpft – beleidige nicht zurück, fluche nicht zurück und schlage nicht zurück. Sondern segne."

Das Männchen blickte den gerechten Mann verwirrt an. „Aber, mein Bruder ... wie?"

Der gerechte Mann lächelte weiterhin milde. Er legte beide Hände auf des Männchens Schulter. „Ich weiß, geliebter

Bruder, dass es am Einfachsten ist, Gleiches mit Gleichem zu vergelten. Dass, wenn man verletzt wird, es gern genauso zurückgibt, dass es einen zornig macht. Aber gerade dort liegt der Fehler. Denn, wenn man so reagiert, wie es der Mensch, der einem Schaden zugefügt hat, es von einem erwartet - was ist daran besonders? Es ist doch besser, für sich und den anderen, ganz unerwartet zu reagieren und so den anderen zu verunsichern und zeitgleich Frieden zu stiften. Wenn man Zorn mit Zorn vergilt, erhält man nur Weißglut. Und am Ende stehen beide in Flammen."

Das Männchen verstand und blickte den gerechten Mann bewundernd an. „Mit leichtem Herzen lebt es sich besser", fügte der gerechte Mann noch mit einem Lachen zwinkernd hinzu.

So verstrichen die Wochen und gar Monate und der gerechte Mann lehrte das Männchen alles, was nötig war, um ein gutes Herz, das einzig wahre Leben zu besitzen. Das Männchen schrieb alles eifrig nieder, um es immer wieder nachzulesen.

Der gerechte Mann und das Männchen wurden sehr große Anhänger der heißen Schokolade und gönnten sich jeden Abend reichlich davon.

Das Leben schien fein seines Weges zu wandeln und kein Leid könnte diese himmlische Sphäre trüben.

Bis zu jenem Tag im Herbst, als das Männchen eines Morgens
nicht mehr aufwachte. Der ewige Schlaf hatte ihn hinfort
getragen. Der Arzt konnte nichts mehr für ihn tun.
Das arme Männchen war am Ende als gerechter Mann
gestorben, mit einem Herzen voll an Liebe.
Der gerechte Mann spürte, wie das heiße, längst vergessene
Schwert in seiner Brust sich wieder regte und wie heiße
Tränen über seine Wangen rollten.
Die Beerdigung des kleinen Männchens richtete er besonders
prächtig her und stand erneut an einem Grab, in dessen
Innern nur noch Leblosigkeit und Kälte herrschte.

Das Herz in der Brust des gerechten Mannes schrie aus
Leibeskräften, weinte, tobte, kämpfte.
Die vernarbte alte Wunde riss auf und brannte und schmerzte
wie nie zuvor. Das kleine Herz wurde übermannt von dieser
Pein und hatte große Mühe, nicht stehenzubleiben. Schreiend
und weinend hetzte es vorwärts, pumpte es eilig Blut durch

den Leib des gerechten Mannes und wurde immer erschöpfter. Dieser Schmerz, dieser ewige Schmerz ...

* * *

Als der gerechte Mann wieder daheim war, suchte er wieder Trost in seiner heißen Liebe. Erst nach Stunden entdeckte er einen Stapel Briefe auf seiner Kommode liegen und trat betäubten Herzen näher heran.

Er erschrak.

Nein!, durchzog es ihn.

Die Handschrift kannte er nur zu gut. Diese Briefe stammten von seiner Liebe, die er damals zu Grabe tragen musste. Das Datum besagte, dass sie noch am selben Tag, als sie verstarb, abgeschickt worden waren.

Seine Liebe war krank, verweilte oft und lange in Kur. Ihre gegenseitige Liebe war rein, echt und ehrlich. Die gewagteste Nähe war ihre Hand in seiner und ein zögerlicher sanfter Kuss auf die Stirn.

Sie war ein zerbrechlicher Engel.

Woher kamen nun all die Briefe?

Sofort eilte der gerechte Mann zur Haushälterin.

„Die kamen eben alle so an, wie ich sie auf die Kommode

gelegt habe, mein Herr. Ich weiß auch nicht, was es damit auf sich hat."

Der gerechte Mann verschwand geistlos in der Bibliothek.

Er zögerte die Briefe zu öffnen. Was stand dort wohl drin? Was mag sie ihm da hinterlassen haben?

* * *

AM 16.DEZEMBER

So sage mir, was kann ich tun? Mein Herz brennt nach dir, es dürstet. Die Sehnsucht ist kaum zu ertragen, ich verlange nach dir. Um weiter deine Nähe, die mir noch nicht nahe genug ist, genießen zu dürfen, stellte ich mich gefühllos, log ich dich an, damit ich weiter mit dir kommunizieren kann. O wüsstest du, wie sehr ich noch nach dir dürste, wie sehr es mich im tiefsten Innern verlangt nach dir. Wie kann ich dieses derbe Verlangen nach deinem Wesen befriedigen, wie deine Liebe bekommen? Was soll ich tun? So sage mir, wie ich durch den Tag komme ohne dich. Selbst der bloße Gedanke an dich verzehrt mich. Mein Herz will DICH!!!

AM 17.DEZEMBER

Es raubt mir den Verstand, wenn ich an dich denke. Immer wenn ich einen neuen Brief von dir erhalte, schlägt mein Herz wie verrückt. Ich weiß nicht, ob es wirklich gut ist, weiterhin mit dir befreundet zu sein, wenn ich mich auf eine viel tiefere Art nach dir sehne und es mich verzehrt, dir nur auf dieser Ebene nahe sein zu dürfen.

Warum magst du mir gegenüber nicht mehr fühlen? Wieso willst du mir so fern bleiben, wieso willst du mich nicht? Ich würde sterben für dich, doch du siehst mich nicht. Warum fühlst du nicht wie ich? Bitte rette mich vor diesen heißen Liebesflammen, die mein Herz verbrennen!

Komm zu mir! Nimm mich in den Arm und sage mir, dass alles gut wird, alles so wird, wie ich es mir erträume. Doch du bist nicht da. Du fehlst mir so. Ob Kontakt oder nicht, mein Herz weigert sich, dich aufzugeben. Es weigert sich, dein Herz zu verlassen. Mein Herz schreit nach dir, nach deinem Herzen. Doch dein Herz hört nicht, es verschließt sich. Wie kann ich dir nur viel bedeuten, dass du meine Freundschaft willst, aber dennoch so wenig, dass du meine Liebe von dir schiebst? Ist es so schlimm, mich lieben zu können? Ist es falsch? kann man mich überhaupt lieben? Wenn du nur wüsstest, wie viel du mir bedeutest, wie sehr du mein Herz ausfüllst, kaum mehr ist Platz für andere Dinge! Wie kannst du nur ruhig schlafen, wo ich mich doch des nachts plage und quäle mit Gedanken an dich, mit liebevollen Worten auf den Lippen für dich ... O mein Süßer, wie sehr fehlst du mir. Wie gerne würde ich es dir sagen, doch dann würdest du wieder fortgehen, noch weiter weg von mir als jetzt schon. Wehe dem, der es dir verrät und so meinen Kummer verschlimmert. Doch ich selber kann es nicht, zu groß die Angst, dich erneut zu verlieren, wie schon viel zu oft. Mein Herz plagt zudem auch darüber, wenn dich ein andres Mädchen verzückt und verzaubert, wie dies mein Herzchen ertragen könnte.

Wehe dem Mädchen, das dich mir wegnimmt und du in ihre Liebesfalle trittst. Keiner ist es wert dich zu bekommen und doch will ich dich, o du meine süße Sonne, mein Glück, meine Freude, mein Ein und Alles! Mein Herz ist abhängig von dir, du gibst ihm Lebensenergie und Lebensfreude, einen Grund zum Existieren. Wenn du fortgingest, wie könnte ich mein Herz am Leben wissen, mit welcher Art der Magie? Es ist schwach geworden, spürt deine abweisende Art seiner Sehnsucht und Liebe zu dir. Es vertrocknet langsam bei lebendigem Leibe und knickt zu Boden. Tausend Löcher und tausend Stiche, tausend Wunden und tausend Bisse haben mein dich über alles liebende Herz gefoltert. Und es ist bereit noch viele tausende Wunden, Bisse, Stiche und Löcher mehr zu ertragen, auch wenn es daran sterben müsste, nur um deiner Liebe willen. Der Tod, der Verlust des eigenen Herzen, wiegt nichts im Vergleich zu dem, wie es wäre, bis zum gewöhnlichen anatomischen Herztod zu warten und ein Leben ohne dich ertragen zu müssen. Nur ein Kuss von dir und alles Leid würde verwischen, nur eine Umarmung und ein liebes Wort und alle Wunden würden heilen.

Ein Schritt auf mich zu bedeutet meinem Herzen mehr, als das ewige Warten auf Erlösung. O besäße das Herz eine eigene Stimme, die sofort erklingt, wenn es sich sorgt, verkümmert oder freut! Gäbe es eine solche Stimme, du hörtest des nachts und des tags nur Jammern, Schreie und Weinen ... mein Herz wird sterben ohne dich, es wird vertrocknen ohne deine Liebe, die mich so glücklich und lebendig machen würde, könntest du mich doch nur lieben!

Sage mir, meine süße Wonne, was kann ich tun, um deine Liebe zu gewinnen?

Ich vermisse dich, mein kleiner Stern. Ich liebe dich ...

du bist mir so fern ...
Allein der Himmel weiß, wann wir uns einmal sehen. Er
weiß, wie sehr ich mich nach dir sehne, wie viele Male
ich schon nach dir schrie und wieviele Tränen ich
vergoss für dich.
Bitte, Herz, vergiss mich nicht ...

AM 18.DEZEMBER - MORGENS

Bedenke, dass ich schon viele männliche Wesen liebte
und keinem war es vergönnt, hinterher lange in
meinem Herzen zu verweilen. Nur du hast die Gabe,
dass man dich nicht vergessen mag, nur du bist der
Mensch, dessen Herz keines von vielen, sondern nur
DEINES ist. Du bist nämlich jemand, den man einfach
nicht vergessen mag. Selbst die viele Pein, die du mir
einst angetan, vermag mein Herz zu vergessen, denn
du strahlst. Egal wie viele Tritte in mein Herz noch
folgen, dieses wird dich immer lieben, vergiss das
nicht, o süße Wonne.
Alles Schlimme mag man dir vergeben und vergessen,
denn du strahlst heller als die Sonne, du bist süßer als
Honig und interessanter als jede Geschichte dieser
Welt. Dich darf man einfach nicht hassen und
vergessen. Wenn dem so wäre, so verstünde ich die
Welt nicht mehr. Mein Herz vermag dies nicht, denn es
liebt dich viel zu sehr, als dir böse sein zu können ...
mein Liebster, mein Leben.

AM 18.DEZEMBER - ABENDS

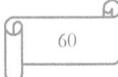

Als du mir sagtest, dass ich für dich wie ein sehr guter Freund, eine Schwester sei, hat es mir das Herz zerrissen. Sowas will keine Frau von dem Mann hören, den sie liebt. Selbst dann nicht, wenn dieser Mann die Frau nicht zurückliebt. Es ist Gift. Pures Gift. Ein blutiger, schmerzhafter Tritt ins Herz, dessen Wunden sich erneut auftun und eine Lache aus Blut zusammenrinnt.

Du bist unvorsichtig in deiner Wortwahl und deinem Benehmen einem Menschen gegenüber, dessen Herz leicht zu zerstören, der Geist leicht zu verwirren und die heimliche Sehnsucht leicht einen zu übermannen droht. Viele deiner Handlungen und Worte in der Stunde der Unvorsicht habe ich schweigend hingenommen, aus lauter Liebe zu dir. Es traf mich vieles davon mitten ins Herz, vieles war der Ausbruch einer Tränenlawine, jedoch sagte ich mir immerzu, es ist egal, ich liebe dich und das ist alles was zählt. Wohl wahr, und dennoch traumatisierend.

Viele Nächte habe ich dein Antlitz hinter meinen geschlossenen Lidern gesehen, wie du des nachts so friedlich schlummernd daliegest und wie ich neben dir läge und bewundernd und ganz voller Liebe dein schlafendes Antlitz ich mir besehe. Wie ich dir ganz langsam näher komme und aus purer Sehnsucht nach deiner warmen weichen Haut, deinem warmen Atem und deinem lieblichen Dufte dir meine Lippen sanft auf deine läge und deine Nähe mit ganzem Herzen genieße.

Viele Male habe ich mir dies erträumt und auch, dich mal in den Arm zu nehmen, so ganz nahe bei dir zu sein und deinem Herzschlag zu spüren, ihn zu hören; ein Organ, welchem ich sehr dankbar bin, dass es in der Brust meines Liebsten munter schlägt, aufdass mein Herzchen, mein achso geliebtes und süßes

Herzchen, am Leben ist.
Jeder Faser deines Körpers bin ich von Herzen dankbar,
aufdass du dich einer guten Gesundheit erfreust und
ich mich sodann ebenfalls deines Lebens erfreuen
kann, WEIL du lebst!

AM 18.DEZEMBER - NACHT

Du bist das Sonderbarste, was ich je kennengelernt
habe. Ich sehe nur das Gute in dir und verdränge das
Drama, welches wir beide durchgestanden haben.
Obwohl es in mir kämpft, dich doch hassen zu müssen,
damit meinem Herzen eine kleine Befriedigung nach
all der Schmach zuteil wird. Ich hasse dich und ich
liebe dich. Womöglich mehr lieben als hassen, aber
dennoch tobt ein rauer Wind in mir, der mir rät, dich zu
hassen und dich gehen zu lassen.
Zwei Herzen schlagen in meiner Brust; eines, schwarz
wie die tiefste Nacht und voller Hass, und eines, blutrot
wie glühende Lava und voll mit Liebe. Beide dieser
Herzen schlagen mit Eifer in meiner Brust und wollen
das einzig richtige Herz sein, was fortan nur noch als
Hauptherz schlagen soll. Doch beide dieser Herzen sind
derzeit meine Hauptherzen. Denn beide bestimmen die
Launen, die mir sagen, was ich für dich zu fühlen habe
und mit welcher Faser meines ganzen Seins ich dich zu
lieben habe.
Es verwirrt mich und lässt mich verzweifeln.
Mit welchem reinen Gefühl kann ich dir
gegenübertreten und dir hier und jetzt sagen, dass ich
dich liebe und es auch allzeit so meine und nicht in
einigen Tagen sagen, dass ich dich hasse, sondern es
ewig so zu meinen?
O du übelste Wonne unter den Himmeln, wie

unschuldig kommst du daher und dennoch treibt dich
das Übel an, welches mir die Augen verblendet ...
Mit wieviel schmerzender Wonne will mich der Himmel
noch strafen, dich niemals vergessen zu können, dir
niemals nahe sein zu dürfen und dir niemals einen Kuss
schenken zu können?
So süß die Wonne ist, so schmerzhaft ihre Hiebe ...

AM 19.DEZEMBER - MORGENS

O mein süßes Herz! Wie lange willst du mich noch
quälen? Wie lange soll das Feuer mein Herz noch
verzehren, es verbrennen? Wann wird es vollends
verbrannt sein und zum Aschehaufen zerfallen? O du
süße Passion, nicht mehr lange und ich verbrenne,
wann wirst du mich retten vor den heißen Flammen der
Verzweiflung?
Wessen Vollmacht hast du, mich so zu quälen und mein
Herzchen zu erhitzen ohne dieses daraufhin trösten
und lieben zu können?
Wie lange muss ich mich noch quälen an dich zu
denken, dich zu begehren, dich zu lieben und deinen
Herzschlag spüren zu wollen? O Himmel, wie lange
noch? Ich sterbe vor Sehnsucht! O du liebliches Süßes,
errette mich!
Welch süßes Antlitz! Ich bewundere deine süßen
Gesichtszüge, deine süße Nase, deine himmlischen
Augen, deinen lieblichen Mund, deine samtweiche
Haut. Dein dunkler Haarschopf schimmert so herrlich
und weich und dein göttliches Antlitz, welches mich
völlig verzaubert.
Welche milde und sanfte Sprache des Herzens muss ich
auffahren, um dein Wesen ideal und richtig
beschreiben zu können? Du gleichst einem Engel,

dessen Wonne und himmlisches Auftreten unmöglich zu beschreiben ist. Du bist einem Engel gleich, dem die Flügel fehlen und dennoch auf dieser Erde wandelt. Dein Herz ist zwar nicht fehlerfrei und auch nicht rein, aber rein und fein genug, um meinem Herzen zu gefallen.

Schön und glänzend steht dein Herz vor dem meinen und vor lauter Hingabe weiß dieses nicht mehr weiter als denn fortwährend bewundernd dein Herz und Antlitz zu besehen. Sodann, du wunderbares und unendlich süßes Geschöpf, wird dir meine Bewunderung und Hingabe gehören.

AM 19.DEZEMBER - ABENDS

Es ist ein süßer Schmerz, der mich begleitet, dich zu vermissen und hoffnungslos zu lieben. Er schmerzt zwar unendlich, doch ist er lieblich und süß. Tags wie nachts trage ich dein Bild in meinem Herzen und sehne mich nach deiner Nähe, o du meine goldene Hoffnung! Sei mein Licht und weise mir den Weg, du mein süßer Stern. Mögen dich tausend Engel begleiten und beschützen und dein Schutzengel dich lieblich behüten.

Zu gerne wäre ich dein Engel, du niedlicher Schatz, nur zu gerne ein Teil von dir. Doch wie´s dem Himmel beliebt, ist´s dem leider nicht. Mein Schatz, mein Gold, mein himmlisches Licht - bittebitte, vergiss du mich nicht, denn ich tu´s deiner nicht.

Ich kann nicht schlafen, denke nur an dich, du raubst mir meine Träume, die ich anstelle dessen wohl geträumt hätte. Du bewirkst, dass ich sterben möchte, denn dieses leere Gefühl ohne dich zu sein, ertrage ich nicht mehr lange. Zu Hilfe, Geliebter! Ich ertrinke in dir. Du bist mein Kosmos und die Planeten drehen sich nur um dich. Du bist das, was mich am Leben hält, mein

Halt, die Sonne, mein Atem; wie könnte ich ohne dich weiterleben, wie kannst du soetwas von mir verlangen?

Ich bin verloren ohne dich, wie kann ich nur ohne dich überleben?

Du mögest jetzt denken, warum ist sie so besessen von mir, warum lässt sie es nicht einfach gut sein, warum wärmt sie immer und immer wieder alte Geschichten auf und kann nicht vergessen? Mein Schatz, ich kann es nicht erklären, ich weiß es nicht. Es ist nicht einfach, von dir loszukommen, dich zu vergessen, glaube mir. So vieles haben wir gemeinsam durchlebt, so vieles durchgestanden Hand in Hand, dass mein Herz sich daran gewöhnte, dir, trotz der Tragödie, so nahe zu sein. Du magst mich leicht vergessen können, da du mich nie liebtest. Für dich, o süße Versuchung, scheint es das Einfachste von der Welt, doch für mich gab es nie Schwierigeres zu überstehen als dies Leiden, für immer dein achso süßes Wesen in meinem Herzen tragen zu müssen.

Verurteile mich nicht, mein lieblicher Schmerz, mich dünkt, mein eignes Herz hat mich betrogen. Es hat sich von mir abgewandt und lebt fortan sein eignes Leben voller Gedanken und Liebe an dich!

Mich sollte man bei lebendigen Leibe quälen, um diese Qualen des Herzens hinauszuschreien und -zupressen, damit mein zu Tode gefoltertes Herz zur Ruhe gelangen kann.

O du niedliches Wesen, du süßes Geschöpf! Vermagst du nicht zu sehen, wie sehr es mir nach dir verlangt, wie sehr ich mich sehne? Bitte lass nicht zu, dass ich an den Flammen der Liebe verbrenne, zugrunde gehe, sterbe.

Sei mein Heil, du süßer Engel! Nimm dich meiner an, erbarme dich, und erlöse mich von dieser Pein, die mich zugrunde richtet. Sei mein Licht und vergiss mich nicht.

Bitte, mein Herz, vergib mir meine verliebte Art, vergib mir, dass ich mich sehne und quäle nach dir. Ich weiß, dass dir das nicht gefällt, dass ich mich nach dir sehne, dich liebe und dich niemals vergessen kann, ich weiß, dass es deine Nerven raubt ... so verzeihe mir.

Ich brauche Hilfe und Zuwendung, jemand, der mein Herzchen hält, wärmt und liebt. O du lieblicher süßer Honig ... mein niedlicher Spatz ... vergib mir, dass ich dich liebe ...

AM 20.DEZEMBER - MORGENS

O Liebster! So viele Mädchen finden Gefallen an dir und machen dir schöne Augen. Du gehst zwar darauf nicht ein, doch trotzdessen brennt die Eifersucht in mir. All diese Mädchen sind dir so nahe und ich bin so fern. All jene können dir jederzeit nahe sein und dich jederzeit um den Finger wickeln, während ich verlassen viele, viele Kilometer und Stunden weit von dir entfernt bin und dir vergebens auf diese Weise versuche, schöne Augen zu machen.

O du wonnevolle Grazie, wie ungerecht werde ich von dieser Welt behandelt, wie betrogen ich mir vorkomm´ von meinem eignen Herzen! Einsam dasitzend und mit glühendem Herzen dich all diesen Weibern ausgesetzt zu wissen, treibt mich in eine tiefe Tobsucht. Wie leid ich mir selber tun muss, eine solche Besessenheit nach einem Menschen ausstehen zu müssen!

Kein Mädchen der Welt vermag dich so mit vollem Herzen und solch glühender Liebe zu lieben wie ich es tun würde, o Geliebter! Mich treibt´s in den Wahnsinn, dich inmitten von all diesen Mädchen zu wissen, die dich begierig anschauen und ebenfalls wie ich deine

Nähe suchen als gäbe es kein ander Mann auf diesen Erden.

Aber verdenken kann man´s ihnen nicht, denn dein süßes Antlitz ist anziehend, das ist wahr! Und dennoch ist mein Herz rasend wegen all dieser Frauenzimmer, jene nach dem Tode meines Herzens trachten, dich zu bekommen. Diesen Triumph jedoch gebe ich ihnen nicht.

"Ihr sollt die Perlen nicht vor die Säue werfen", so steht es in der Heiligen Schrift. Sodann, Geliebter, werde ich um deine Gunst kämpfen. Viele Male habe ich bereits um dein Herz gekämpft und viele Male musste ich mich geschlagen geben.

Doch dieses Mal kämpfe ich, bis dass dein Herz vor Liebe zu mir glüht.

Auch wenn es meinen Tod bedeutet ...

AM 20.DEZEMBER – MITTAGS

Sodann, mein süßes geliebtes goldenes Gut, ich werde um dich kämpfen, wie noch nie ein Frauenzimmer um eines Mannes Herz gekämpft zu pflegen vermochte. Noch ists mir schleierhaft, wie ich einen solchen Kampf anfechten und führen sollte. Doch die Liebe vermag mirs zu sagen und mich zum Siege führen, dessen bin ich mir sicher. Aufgeben gibt es nicht, nicht einmal wenn des Sensenmannes´ Augen die meinigen treffen, so bleibe ich dennoch standhaft und gewillt, dich am Ende des steinigen harten und blutigen Kampfes in meine Arme zu schließen und dir all die Liebe zu geben, durch welche ich schon so oft fast umkam und die mich so unendlich quälte. Für dich, o süßer Geliebter, stehe ich diesen Kampf durch, gehe ich durch

die langen Pfade der Hölle, durchstreife dunkle Wege des Schmerzes und besiege alle fiesen Dämonen auf dem Weg zu dir, um am Ende auf dem Siegesberg zu stehen und im strahlenden Sonnenlichte dein achso geliebtes süßes Antlitz zu schauen. Mein Geist wird triumphieren und jubeln und mein Mund wird Gott, den Herrn preisen und ehren, dass ich mit dem Liebsten auf diesen Erden zusammen sein und ihn spüren darf.
Ach mein honigsüßer Liebster, warte auf mich, zähle die Stunden in denen ich bei dir sein und deine Liebe empfangen werde, wenn ich ersteinmal den Sieg errungen ... solange, mein Herz, vergiss mein nicht, denn sonst ist der Kampf verloren. Umsonst die Hölle durchquert, umsonst die Dämonen besiegt.
O bitte! Ich flehe dich an, mein herrlicher Süßer! Gib nicht auf, gleich wie ich nicht aufgebe. Am Ende werden wir uns sehen.
Der Kampf der Liebe beginnt.
Und möge ich darin umkommen, so sei gewiss, dass ich bis zum letzten Atemzuge nur dein Wohl verlangte, nur dein Herz begehrte und nur deinen warmen Atem spüren wollte. Wenn mein letzter Atemzuge getan sein wird, so lagen Worte der Liebe zu dir auf meinen Lippen, bis mich die eiskalten Hände des Todes in die andere Welt umschlangen und davontrugen.
Mein Nachruf für die Welt wird sein:
Ein Mädchen mit des Herzens voll an Liebe, dessen Geliebter fort von ihr,
sie davon trug der eiskalte Tod, sein steinernes Herz so schwer wie Peitschenhiebe ...

* * *

Stille.

Der gerechte Mann starrte auf all die Zeilen. Zeilen einer Toten.

Sein Herz drohte vor Pein zu zerplatzen.

Die Briefe fielen ihm aus den Händen. Er konnte nicht glauben, was dort stand. Wie sie ihn gesehen, ihn zurückgelassen hat. Leere und schwere Übelkeit legte sich über den gerechten Mann. Es war, als sei seine Liebe ein zweites Mal gestorben.

Der gerechte Mann war neutral im Geschlecht. Er liebte dieses weibliche Wesen, sehr sogar. Aber es schien nicht so zu sein, wie sie es wollte. Es war unbeschreibbar wie diese Liebe war. Wie Geschwister, wie Freunde? Ja. Und doch mehr. Wie Verliebte? Ja. Und doch weniger. Er weiß diese Liebe nicht zu benennen, aber sie war stark, egal welcher Art. Und doch schien es sie umgebracht zu haben …

Sie dachte, er habe sie nie geliebt. So hat sie das verstanden. Sie hätte ebenso nie Grund zur Eifersucht haben brauchen, denn der gerechte Mann hatte an anderen kein Interesse. Von frühester Jugend an war das schon so und sie wusste darum. Dachte er …

Ebenso die Stimme, die sie ansprach, die das Herz besser

haben sollte, um dessen Gefühle eher deuten und ihr folgen zu können: Des gerechten Mannes Herz wusste, dass es diese gab. Es besaß selber eine solche Stimme, deren Besitzer ihrer immerzu vernehmlich wurde. Aber die meisten Menschen hören die Stimme ihres Herzens nicht, vernehmen sie nicht und können ihr somit nicht folgen.

Welch Seelenkampf hatte seine Liebe wegen ihm ausstehen müssen! Welch Schmerz hatte sie wegen ihm zu erleiden!

O weh mir!

Der gerechte Mann vergrub sein Gesicht in beide Hände. Ich habe sie umgebracht!

Eine Flut an Tränen floss aus ihm heraus, eine riesige Welle brach sich Bahn und überflutete alles, was nicht standhalten konnte.

Eine furchtbar glühendheiße Lava durchzog sein Herz, das heiße Schwert tobte wild in seiner Brust. Höllengeschrei ertönte in ihm, das kleine gerechte Herz war am Ende.

Glühende Kohlen versengten dieses, das Blut kochte und dampfte und schlug hohe Wellen. Ein grausames Getöse erfüllte die Brust des gerechten Mannes, der beißende Schmerz nahm nun Oberhand.

Die Finsternis erhob ihr Regiment und führte ihre schreckliche Armee quer durch das kleine Herz. Wild schrie und schlug es

um sich. Sein Blut erhitzte sich aufs Unermessliche.
Höllenqualen und furchtbare Folter ergriffen das kleine Herz,
seine Tränen vermochten die beißenden Flammen nicht zu
löschen. Schwer geißelte der Schmerz das Herz, schwer
verwundete es seinen Leib. Schwere Not legte sich über
dieses, holpernd und mit Aussetzern pochte es weiter. Der
gerechte Mann fasste sich erschrocken an die Brust.
Blutunterlaufene verquollene Augen und viele Tränen
zeichneten sein Gesicht.
Sein Herz stolperte viele Male, der gerechte Mann blieb
erschrocken am Boden sitzen. Er wartete, bis sein Herz sich
beruhigt hatte. Obwohl ihm doch zum Sterben zumute war …

* * *

Langsam erholte sich das kleine Herz wieder, nicht vollends,
aber so, dass es wieder sanfter schlug. Das Höllenfeuer
brannte weiter in der Brust des gerechten Mannes, sein Herz
war erschöpft, tot und müde.
Aus leeren und traurigen Augen sah es drein und wünschte
sich, nie geboren worden zu sein.
Wie sollte es nun weiterschlagen?
Wie sollte es je wieder fröhlich werden?

o vergingen die Tage. Nur schwer und schleppend. Der gerechte Mann kämpfte sich durch den Tag. Seine Haushälterin bemühte sich sehr, ihn – nachdem sie herausgefunden hatte, was geschehen war – weiter gut mit heißer Liebe aufzumuntern. Doch er rührte sie nicht mehr an. Tagein, tagaus saß er nur unbeweglich in seinem Ohrensessel vor dem Kamin und starrte aus leeren, toten, ausdruckslosen und leergeweinten Augen geradeaus. Wie tot saß er da. Bewegte sich nicht, sagte nichts, aß nichts.

So erging es auch dem kleinen Herzen in seiner Brust. Wie tot schlug es nur noch monoton, ohne Freude und vegetierte nur noch.

War es nicht besser, wenn es einfach stehenbliebe?

Dann wäre es vorbei.

Lange rang es so mit sich, blieb nur aufgrund guten Willens weiter am Leben. Doch eines nachts wurde es ihm zu bunt. Entschlossen – während der gerechte Mann schlief – hüpfte es aus dessen Brust und sogleich überkam ihm große unbändige Freude und Tatendrang.

Es wollte die Welt kennenlernen, andere Herzen, Gutes. Zu viel

Leid und Böses hatten sich seit Langem über das Herzchen gelegt, über seinen Besitzer.

Es wollte weg.

Auch wenn es wider den Lehren seines Herrn handeln musste, der es lehrte, den Leidenskelch niemals zu verwehren und standhaft zu bleiben, wie in einem Sturm: Irgendwann versiegt dieser, er kann nicht ewig dauern. So wie ein Sturm einen Anfang hat, so hat er gewiss auch ein Ende. Doch – wann kam das Ende in Sicht?

So musste das kleine Herzchen notgedrungen flüchten, da es sonst zu erlöschen drohte.

Eine Weile besah sich das kleine Herz den gerechten Mann. Seine Züge wurden zerknirscht, sobald das Herz ihm aus der Brust sprang.

„Es tut mir leid, Herr", flüsterte das kleine Herz und gab ihm einen kleinen Kuss auf die zerfurchte Stirn. Dann hopste es aufs Fensterbrett, drückte das Fenster auf und hüpfte hinaus. Freiheit.

Das kleine Herz fühlte sich so lebendig, übermütig, schwerelos, selbstständig wie noch nie. Das Schwert, welches ihm quer in der Brust hing, war plötzlich nicht mehr. Voll Freude und ohne jede Pein hopste es davon, egal wohin, einfach weg. Hinaus in die Welt.

Es war mitten in der Nacht und stockdunkel. Alles lag in stiller Ruhe zu Bett. Nachts lag Frieden über den Ländern der Erde, nachts waren alle Waffen still. Oh wäre doch nur immer Nacht und alle würden schlafen!

Doch ehe Kriege nicht mehr sind, muss ein jedes Menschenherz sich wandeln. Die eigenen Kriege, die Streitigkeiten mit sich und mit anderen, die eigene Ablehnung und die der anderen, müssen aufhören, die inneren Kriege, ehe die äußeren ein Ende finden.

Denn wenn die Herzen der Menschen sich ändern, liegen automatisch alle Waffen für immer still. Denn wenn die Herzen der Menschen mit Wohlwollen und Liebe erfüllt sind, findet man keinen Grund mehr zur Feindschaft. So wird es sein.

Wenn die Menschenkinder beginnen sich einander als Geschwister zu erkennen, dann erst wird der Erdenball zur Ruhe finden, erst dann werden Terroristen, Politiker, Diktatoren, Machthaber eines jeden Volkes zur Ruhe kommen und durch ihren eigenen inneren Frieden den äußeren Krieg aus der Welt schaffen können.

Solange wird nur die Nacht als Frieden herrschen, ehe es auch der Tag kann.

Niemals wird ein Krieg es schaffen, Frieden zu stiften.

Außer, er löscht alle Menschen aus.

Dann ist für immer Stille auf der Erdkugel, wenn niemand mehr ist.

Wenn kein lautes Leben mehr den Erdkreis bewohnt, dann erst kann der Frieden wirken. Da wird das Menschengeschlecht freilich schon für sorgen. Jeden Tag wird hart daran gearbeitet.

Erquickt hüpfte das kleine Herz immer weiter ohne jedes Ziel. Leer lag alles vor ihm, die ganze Welt strahlte es an. Nach einiger Zeit jedoch wurde das kleine Herz so müde vom Hüpfen, dass es stetig gähnen musste. So suchte es rasch ein nettes Plätzchen, wo es sich für kurze Zeit ausruhen und bald darauf weiterziehen konnte.

Das Plätzchen war schon bald gefunden und das kleine Herz, sobald es niederlag, entschlummerte fein und sanft davon.

* * *

Dagegen unsanft war die Art, wie das kleine Herzchen aufgeweckt wurde: Es rüttelte und schüttelte. Und es schwankte.

Das kleine Herzchen vernahm durcheinander redende Männerstimmen. Es setzte sich auf und sah sich um. Erst jetzt im hellen Tageslicht konnte das kleine Herz etwas sehen.

Doch nichts was es sah erinnerte es an etwas. Nichts davon kannte es. Wo war es hier nur gelandet?

Auf einmal sprang etwas hinter einem Kasten hervor. Es war ein Herz! Allerdings war dieses leicht schwarz, das Rot war sehr, sehr dunkel.

Das kleine Herz, strahlendrot, lächelte das andere Herz freundlich an. Gesellschaft!, so freute es sich.

Als das andere Herz es erkannte, verengten sich seine Augen. „Wer bist du? Was willst du hier?" Seine Stimme war hart und kratzig.

Das kleine Herz war erschrocken. Warum war er nur so rau? „Ich … ich", stammelte es, „ich weiß nicht, wo ich bin. Ich bitte um Entschuldigung! Ich hatte mich inmitten finsterer Nacht schlafen gelegt und nun bin ich erwacht und weiß nicht, wo ich bin."

Das kleine Herz schien leicht verzweifelt.

Das andere Herz, überall tiefe Narben am Leibe, schaute dieses skeptisch an. „Naja, meinetwegen. Bist also `n blinder Passagier. Soll mir egal sein. Aber verhalt´ dich ja ruhig, kapiert? Wenn die ander´n dich erwischen, hast du zum letzten Mal gepocht, klar? Wenn wir anlegen, kannst du von Bord gehen."

Das kleine Herz verstand nicht. „Von Bord? Wo sind wir denn

hier?" Fragend sah es das andere Herz an.

Dieses schaute nun das kleine Herz an, als habe dieses nicht mehr alle Sinne beisammen. „Soll das `n dummer Witz sein? Wir sind auf´m Schiff, Junge! Wo hast´n du gelebt? In `ner Höhle?" Höhnisch lachend verschwand dieses raue Herz in einer Luke und ließ das kleine Herz allein zurück.

Was ist denn ein Schiff?, fragte sich das kleine Herz und dachte angestrengt nach. Könnte wohl einem fahrenden Haus nahekommen oder einem Wagen, nur noch größer, wo man auch drin wohnen kann.

Auf die verrücktesten Ideen kam das kleine Herz und saß so da und verhielt sich, wie ihm geheißen, ruhig.

Irgendwann jedoch, man konnte nur schwer ausmachen, wie viel Zeit bisher vergangen war – waren es Stunden oder schon Tage? – hielt es das kleine Herz nicht mehr aus und hüpfte vorsichtig, und darauf bedacht, unbemerkt zu bleiben, an Deck des Schiffes.

Lachende und grölende Männerstimmen waren zu hören und das kleine Herz spinkste hinter einer Ecke hervor, um zu sehen, was für Männer das waren.

Es erblickte eine Horde Männer, ganz in Schwarz gekleidet, Narben quer übers ganze Gesicht, jeder trug einen Vollbart und jeder ebenso ein Schwert am Gürtel.

Was waren dies bloß für Männer?

Dann bemerkte das kleine Herz ganz hinten in einer Ecke an Deck Herzen. Sie standen beisammen, lachten und grölten ebenso. Einige davon waren dunkelrot, andere schwarz wie die Nacht.

Das kleine Herz erschrak. Was hatten diese Farben zu bedeuten? Waren denn nicht alle Herzen strahlendrot?

Die Meute schien das kleine Herz nicht zu bemerken, alles hier war so düster und verwegen. Damit die strahlendrote Farbe des kleinen Herzens kein Aufsehen erregte, blieb es in Deckung. Es fühlte sich in Gefahr, so etwas hatte es bislang noch nie empfunden.

Es wünschte sich von diesem Schiff. So schnell wie möglich.

Oder sollte es versuchen, diese Leute auf seine Seite zu ziehen, sie zum Guten zu bewegen? War das möglich?

Es war so sehr in seine Überlegungen vertieft, dass es gar nicht bemerkte, wie die anderen Herzen auf dieses zukamen und schließlich vor diesem stehenblieben.

Das kleine Herz erschrak.

Das pechschwarze Herz – scheinbar der Anführer – stand genau vor dem kleinen Herzen und grinste diabolisch.

„Na was haben wir denn da? Ein strahlendrotes Herz mit einer frischen Wunde!" Es lachte kratzig.

Das kleine Herz wunderte sich. Wunde? Es sah an sich hinunter und tatsächlich: Quer über seinen Leib zog sich eine frisch vernarbte blutrote Wunde! Erzeugt vom heißen Schwert. Es war zwar nicht mehr da, aber es hatte seine Spuren hinterlassen.

Geschockt blickte das kleine Herz das schwarze Herz an. Es schien voller Bösem zu sein, sein ganzer Körper war voller Narben, Krusten, Beulen und Schwielen. Das kleine Herz versuchte dessen Herrn auszumachen und schaute zu den Männern hinüber. Sofort erkannte er einen ebenso zugerichteten älteren Mann. Aus diesem sprach genauso viel Böses wie aus seinem Herzen.

„Also", krächzte das böse Herz, „was willst du hier? Scher dich gefälligst zum Teufel, du missratene knallrote Tomate!" Erneut ein gehässiges Lachen, in welches die restlichen Herzen – darunter auch das Herz, welches das kleine Herz zuvor schon kennengelernt hatte – miteinstimmten. „Bist du denn eine Tomate?"

Das kleine Herz wurde traurig. Warum waren alle so gemein zu ihm? Was hatte es denn falsch gemacht? Weil es die falsche Farbe besaß etwa? Weil es wohl anders war? War so etwas ein Grund?

„Ich bin unbeabsichtigt hier", begann das kleine Herz mit

piepsiger Stimme. „Ich bin hier weg, sobald wir anlegen."
Hoffnungsvoll sah es die anderen Herzen an. Das schwarze
Herz grinste mit verschränkten Armen vor der Brust hässlich
das kleine Herz an.

„Ich verrate dir, wie es jetzt läuft", begann dieses. Seine
Stimme war furchteinflößend. „Es wird noch eine Weile
dauern, bis wir anlegen. Falls wir es jemals tun werden.
Manchmal sind wir Jahre unterwegs."

Das kleine Herz wusste nicht, worauf das schwarze Herz
hinaus wollte.

Dieses trat immer näher an das kleine Herz heran. „Und weißt
du was? Wir wollen dich hier nicht. Du gehörst hier nicht hin.
Und zu warten, bis wir anlegen, wollen wir auch nicht.
Verstehst du das?"

Das kleine Herz nickte. „Aber … was kann ich tun?", wollte es
verzweifelt wissen.

„Oh", lachte das schwarze Herz höhnisch. „**Du** kannst gar
nichts tun" - das kleine Herz atmete panisch - „aber **wir**
können etwas tun", krächzte das schwarze Herz weiter und
schnipste mit den Fingern.

Das kleine Herz verstand nicht recht.

Sofort fielen die Herzen jedoch auf das kleine Herz ein und
griffen es fest an den Armen.

„Lasst mich los!", schrie das kleine Herz. „Was habt ihr vor?"

Das schwarze Herz lachte diabolisch. „Oh, das wirst du gleich sehen."

Die Herzen rissen und zerrten am kleinen Herz, das nun inbrünstig „Liebt einander!" rief.

Das schwarze Herz lachte. „Wie, was? Was soll das werden? Du redest dummen Unsinn!" Diabolisches lautes Lachen folgte. Amüsiert sah es das kleine Herz an. Die anderen taten es ihrem Anführer gleich. Belustigt schauten sie dem verzweifelten kleinen Herzchen zu.

„Darum bekleidet euch mit aufrichtigem Erbarmen, mit Güte, Demut, Milde, Geduld! Ertragt euch gegenseitig und vergebt einander, wenn einer dem anderen etwas vorzuwerfen hat. Vor allem aber liebt einander, denn die Liebe ist das Band, das alles zusammenhält und vollkommen macht."

Das kleine Herz sah das schwarze Herz milde an. In der Hoffnung, dass es aufwachen möge und ein anderer wird. Das schwarze Herz jedoch sah das kleine Herz wütend an, es funkelte wutentbrannt aus den Augen.

Es war, als würde es gleich platzen.

„Danke", zischte es durch seine zusammengebissenen Zähne, „dass du uns gezeigt hast, wie wenig du zu uns gehörst. Liebe ist für Feiglinge und kleine Mädchen!"

Das kleine Herz verstand nicht. „Aber … wieso?"

„Schmeißt es über Bord!", brüllte da das schwarze Herz ohne jede weitere Erklärung und während das kleine Herz sich aus Leibeskräften dagegen zu wehren versuchte, lachte das schwarze Herz nur lauthals.

Dann warfen die bösen Herzen das gerechte kleine Herz über Bord des Schiffes und sahen freudig zu, wie es vom Meer verschluckt wurde.

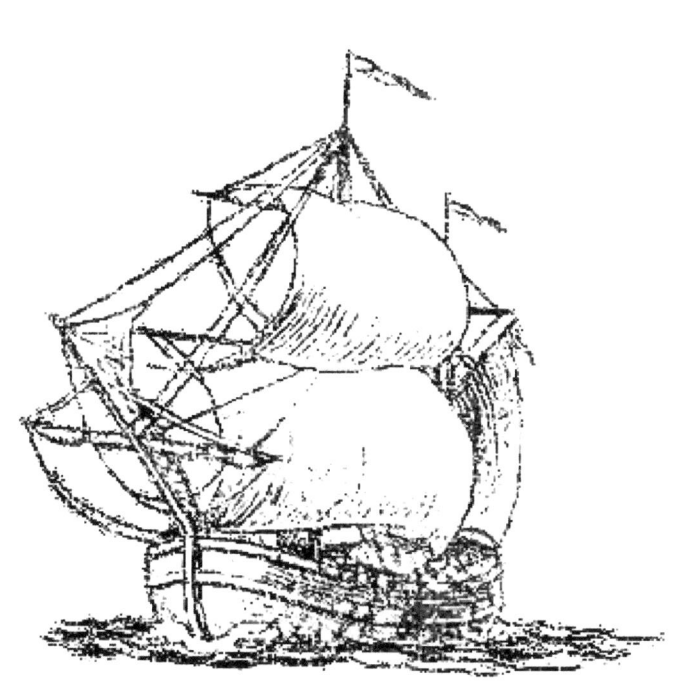

*A*ls der gerechte Mann am Morgen erwachte, war er ungewohnt wütend. Und depressiv und gereizt.

Warum das so war, konnte er nicht sagen.

War es die Folge der seelischen Schmerzen, die er hatte erleiden müssen?

„Verflucht nochmal!", schimpfte der gerechte Mann, was er noch nie in seinem ganzen Leben, nicht ein einziges Mal getan hatte, und wunderte sich – geschweige denn, erschrak – nicht mal darüber.

Mit verbitterten Gesichtszügen stand er auf, zog sich an.

Als er in die Küche kam, stand dort schon die Haushälterin und bereitete sein Frühstück zu. Mit fröhlichem Antlitz sah sie den gerechten Mann an. „Einen wunderschönen guten Morgen, der Herr", rief sie. Der gerechte Mann starrte sie kühl an, erwiderte nichts.

Die Haushälterin ließ sich nicht beirren und erledigte weiter ihre Arbeiten.

„Ist das Essen bald mal fertig?", maulte der gerechte Mann gereizt.

„Kommt sofort", antwortete die Haushälterin und schrieb den

schroffen Umgangston des gerechten Mannes all den Leiden zu, die er durchzustehen hatte.

„Na hoffentlich! Und wehe, es schmeckt nicht!" Der gerechte Mann sah der Haushälterin unbeeindruckt und kühl bei den Arbeiten in der Küche zu. Kurz darauf stellte diese dem gerechten Mann das Frühstück hin und wünschte guten Appetit.

Der gerechte Mann erwiderte nichts und fing an zu essen.

„Und, schmeckt es?", wollte die Haushälterin freundlich wissen.

Der gerechte Mann sah diese missmutig an. „Geht so. Könnte besser sein."

Die Haushälterin sah den gerechten Mann nun erschrocken an. Was war bloß in ihn gefahren? War es tatsächlich nur das Seelenleid, das ihn so veränderte? Hatte er erkannt, dass Gutsein nur Qualen mit sich bringt und es daher abgelegt? Nein, das kann nicht sein. Und nicht einmal gebetet hat er vor dem Essen! Das tut er doch sonst immer!

„Was starren Sie denn so!", fuhr der gerechte Mann die arme Haushälterin an, die sich sofort abwandte.

„Verzeihung", entgegnete diese und lief eilig aus der Küche.

* * *

„Ich gehe spazieren, Weib!", rief der gerechte Mann seiner
Haushälterin zu und ehe sie etwas darauf erwidern konnte,
war er schon aus der Türe.

Was ist nur los mit ihm?

Die Haushälterin beschloss, wenn der gerechte Mann
heimkehrte, ihm heiße Schokolade zu zubereiten. Vielleicht
hebt das die Stimmung.

Der gerechte Mann stapfte missmutig und mit grimmigen
Gesichtszügen die Straße entlang, grüßte nicht zurück,
rempelte um, wo er nur konnte und erkannte niemanden, um
einen netten Plausch halten zu können und sich um deren
Wohlergehen zu erkundigen.

Die Menschen um ihn herum, die sonst eine ganz andere
Behandlung von ihm gewöhnt waren, blieben stehen und
sahen einander verwirrt an und blickten dem gerechten Mann
stirnrunzelnd nach.

Sie wussten alle wohl um sein Leid, doch wussten sie auch,
dass der gerechte Mann ein Kämpfer war und immerzu
rechtens handelte. Seine Moral ließ es nicht zu, dass
irgendetwas seine Güte umwarf. Er umarmte gar den
Leidenskelch mit Liebe, wie einen geliebten Menschen, und
durchlebte, was immer das Leben von ihm forderte, mit

Geduld, Glauben und Zuversicht.

Stark stand der gerechte Mann immer da in seinem gerechten Wesen und wusste immer recht jede Situation zu lösen.

Konnte so jemand von Leid umgeworfen werden?

Natürlich, nie zuvor hatte den gerechten Mann etwas Derartiges und so Schlag auf Schlag getroffen, so dass man hätte aus Vergangenem einen Vergleich ziehen können.

Die Menschen wunderten sich und beließen es zunächst dabei.

Der gerechte Mann war ja auch nur ein Mensch.

Man erlaubte ihm diese Trauerphase mit allem Gram, der nötig war. Und man hoffte auf die Rückkehr des altbekannten gerechten Mannes.

Dieser wiederum bekam von alldem nichts mit, er wollte in Ruhe gelassen werden und mit niemandem weder Blicke noch Worte wechseln müssen.

Er schritt weiter umher und überlegte, ob er nicht mal endlich in ein Wirtshaus gehen und ein Bier bestellen sollte.

Das hatte er noch nie getan.

Eilig machte er sich auf den Weg zu einem solchen und erntete erstaunte Blicke, als er eintrat.

„Ich will ein Bier", rief der gerechte Mann aus und setzte sich an die Theke.

„Jawohl, mein Herr. Kommt sofort", antwortete der Wirt und

machte sich eilig daran, das Bier in ein Glas zu füllen.

Alle anderen Anwesenden starrten nur weiter auf den gerechten Mann, der die starrenden Blicke im Rücken spürte.

Er räusperte sich. „Wissen Sie, warum alle so dumm starren?", fragte er den Wirt, der ihm nun das Bier hinstellte.

Dieser – überrascht von seiner flapsigen Ausdrucksweise, da dieser ihn sonst auf der Straße mit einem anderen Wortschatz her kannte – zögerte ein wenig, ehe er darauf antwortete: „Nun ja, Sie waren bislang noch nie hier gewesen und entsagten eigentlich schon immer dem Alkohol ... oder nicht?"

Der gerechte Mann nickte. „Ja, so wird es wohl sein", und tat einen kräftigen Schluck des kühlen Bieres.

∗ ∗ ∗

Stunde um Stunde verstrich und der gerechte Mann bestellte immer mehr Bier. Bis spät abends blieb er und trank und plauderte mit netten Damen, die ihn schon immer aufs Höchste bewunderten.

Er wurde immer betrunkener und immer ausgelassener.

Viele wunderten sich, was aus diesem sonst so guten und

gerechten Mann geworden war und beobachteten seine Ausgelassenheit kritisch und missbilligend.

„Das Leben ist zu schade, um es in Trübsinn und in der Befolgung von Regeln und Geboten zu verbringen!", rief der gerechte Mann aus, schnappte sich eine der Damen, die ihn liebend gern heiraten wollte, und gab ihr einen leidenschaftlichen Kuss. Diese war so davon überwältigt, dass sie ihre Arme um ihn schlang und sich ihm völlig hingab.

Der Wirt schüttelte verständnislos den Kopf.

Schließlich, es war fast schon Mitternacht, kehrte der gerechte Mann heim. Das heißt, die Dame, die von ihm geküsst worden war, half ihm nach Hause und fand die besorgte Haushälterin vor, die den ganzen Tag mit heißer Schokolade auf ihn gewartet hatte.

„Aber, was ist denn nur passiert?", rief die Haushälterin schockiert.

„Er hat sich den ganzen Tag volllaufen lassen", erklärte die Dame, „und sämtliche Damen abgeknutscht."

Die Haushälterin zog erschrocken die Luft ein. „Wie bitte?"

Die Dame nickte. „Ja, so war es. Ich verstehe es selber nicht. Auch seine gemeine Art. Er ist so anders."

Gemeinsam versuchten die Haushälterin und die Dame den gerechten Mann in den großen Ohrensessel in der Bibliothek zu hieven. Die heiße Schokolade war kalt.

„Ich danke Ihnen, dass Sie ihn nach Hause gebracht haben",
sagte die Haushälterin.

Die Dame nickte. „Habe ich gerne gemacht."

Was hatte den gerechten Mann nur derart verändert? So völlig
umgekrempelt? Was war nur los?

Die Haushälterin beschloss, fürs Erste bei ihm zu bleiben und
die Nacht dort zu verbringen, um dem gerechten Mann
beizustehen, falls etwas passiert.

Dieser war sofort in seinem Ohrensessel in tiefen
alkoholisierten Schlaf entschwunden, sodass sich die
Haushälterin oben in einem Zimmer ein Lager für die Nacht
herrichtete.

Was ein gebrochenes Herz und der Verlust von geliebten
Menschen alles anrichten können, dachte sich die
Haushälterin, als sie in ihrem Bett lag. Schmerz kann einen
Menschen sehr böse werden lassen. Er kann einen so stark
betäuben, dass man nicht mehr merkt, was man tut oder sagt.
Oder es einem egal ist. Dass man alles wahrnimmt wie durch
einen Schleier. Unreal. Nicht da. Daher egal.

Den Alkohol hatte der gerechte Mann bisher noch nie
aufgesucht. Das hieße also, dass es diesmal etwas Ernstes
war.

Das bereitete der Haushälterin große Sorgen. Wie konnte sie dem gerechten Mann nur helfen?

Natürlich wollte man ihm seine Trauerzeit zugestehen und ihm Zeit geben, sich wieder zu fangen. Doch konnte dies eine Ewigkeit dauern. Sollte der gerechte Mann solange ein gemeiner, betäubter, anstandsloser, unehrenhafter Mensch bleiben?

Das konnte die Haushälterin nicht zulassen.

Dafür schätzte sie ihn zu sehr. Hinterher machte sie sich noch Vorwürfe, wenn der gerechte Mann wieder der alte war und bis dahin allerlei Gemeines getan hatte, dass sie ihn, da sie ja klar im Kopfe war, nicht davor bewahrt hatte.

isige Kälte.

Triefnass.

An einem Ufer gestrandet, ganz allein und betrübt.

Das gerechte Herz hatte sich mit großer Mühe durch das eisigkalte Meerwasser gekämpft, hier und da Wasser geschluckt, Atemnot gehabt und war beinahe der Blindheit anheimgefallen.

Stundenlang war es im Meer getrieben, stundenlang hatte es um sein Leben gerungen. Erst um Mitternacht war es bewusstlos an Land getrieben worden, wo es irgendwann wieder Bewusstsein erlangte. Nun irrte es bibbernd in einer unbekannten Stadt umher und sah vor lauter Finsternis nichts. Zwar leuchtete hier und da eine Straßenlaterne, jedoch konnte das gerechte Herz nicht viel ausmachen.

Nur, dass es hier fremd war.

Was war dies für ein Ort?

Als es so weiter die Straße entlang hüpfte, vernahm es irgendwann laute durcheinander rufende Stimmen. Und dann erkannte es Licht, das aus einem der Fenster hinaus auf die dunkle Straße schien, und dessen Schein sich auf dieser wie eine hellleuchtende Decke ablegte.

Das gerechte Herz war neugierig und hüpfte zu diesem leuchtenden Fenster, um hinein zu linsen. Als es hineinsah riss es vor Überraschung weit die Augen auf.

Dort herrschte Sodom und Gomorrha, so schien es dem unschuldigen kleinen Herzen, sah jedoch gebannt weiter zu, wie Menschen an mehreren Tischen saßen, immer wieder von netten Damen Getränke und Essen serviert bekamen und alle johlten und grölten. Was geschah hier?

Das gerechte Herz war es zuwider durch die Vordertüre einzutreten, schon allein, da es offenbar das einzig wache Haus und es dort vielleicht wonnig war, trotzdessen, dass dort Wilderei herrschte, so dass es einen anderen Eingang suchte, um hineinzuschlüpfen. Vielleicht traf es ja erneut auf Herzensgesellschaft! Aber auf nette …

So versuchte das gerechte Herz Einlass in dieses Haus zu bekommen und fand schließlich ein offenes Fenster. Rasch hüpfte es hinein und fand sofort, da es das Haus betrat, eine wohlig weiche Decke, die es sich umwarf und sich gemütlich damit niederlegte.

„Ich an deiner Stelle wäre vorsichtig, junger Bursche", hörte es

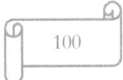

das gerechte Herz auf einmal aus der dunklen Ecke.

Es war die Stimme eines alten Herzens.

„Wer sind Sie?", fragte das gerechte Herz.

Das alte Herz lachte, trat aber noch nicht aus der Dunkelheit heraus und konnte sich kaum mehr erholen. Schwere Hustenanfälle begleiteten das Lachen.

„Was haben Sie?", wollte das gerechte Herz wissen.

„Ach", begann das alte Herz, „ein junger Bursche wie du bricht hier ein und fragt einen Alteingesessenen, wer man sei", es folgte ein weiterer Lacher. Das gerechte Herz erschrak.

Eingebrochen?

„Nein, ich bin nicht eingebrochen. Also, nicht im klassischen Sinne", entgegnete das gerechte Herz beschämt.

Nun trat das alte Herz aus der Finsternis und man erkannte, dass es einen weißen Bart trug und viele Wunden am Leibe.

Das gerechte Herz wusste nichts zu sagen.

„Ich wohne schon seit fast hundert Jahren hier, Junge", fing dieses krächzend an, „mein Herr" – es drehte sich zur Finsternis um – „liegt dort im Sterben. Es ist nur eine Frage der Zeit, wann ich erlöschen werde. Wenn ich keine Kraft mehr habe, weiter Blut zu pumpen." Das alte Herz sah, trotz dieser traurigen Worte, hoffnungsvoll drein.

Das gerechte Herz jedoch erschrak. „Sie müssen sterben?"

Schmerzverzerrt sah es das alte Herz an. Dieses nickte mild lächelnd.

Das gerechte Herz sah traurig zu Boden. Das alte Herz kam näher, legte seinen Arm um dieses und sprach: „Siehe, mein Junge, so ist das mit der Welt: man kommt, um zu gehen. Hat man aber ein gutes Leben geführt, gute Werke vollbracht, ehrlich und viel geliebt, so ist das Ende kein Schrecken. Sondern Erlösung."

Das gerechte Herz schaute beim letzten Wort zu dem alten Herzen. Dies hatte sein Herr auch einmal gesagt. Das Wort kam ihm bekannt vor.

„Nichts auf dieser Welt ist ewig, alles geht irgendwann. So auch der Sommer, der Winter, der Regen, der Schnee. Es kommt, es geht, es kehrt irgendwann wieder, es kehrt heim. Sag mir, wie jung ist dein Herr?"

Das alte Herz sah das gerechte Herz milde an. „Weit aus den Kinderschuhen raus", entgegnete dieses. Das alte Herz bekam große Augen.

„Und doch bist du so unversehrt und jung?"

Das alte Herz konnte es nicht fassen.

„Dein Herr muss ein sehr guter, weiser und junggebliebener feiner Mann sein, der das Leben recht zu leben versteht."

Das gerechte Herz nickte. „Das ist er. Ganz gewiss."

Das alte Herz lächelte freundlich. „Das ist eine wahre Kostbarkeit. Aber, was ist denn geschehen? Warum bist du hier? Es kann nicht sein, dass du hier, im Verdorbenen lebst!"

Das gerechte Herz nickte. „Ganz recht. Ich komme von woanders her. Ich bin fortgelaufen."

Das alte Herz sah ihn nun fragend an.

„Bei so einem Herrn, wie du ihn hast? Weshalb denn nur?"

Das gerechte Herz wusste nicht recht zu antworten. „Was meinem Herrn an Schmerz widerfuhr, konnte ich nicht ertragen. Es tat zu weh. Ich habe wider seinen Lehren, den Leidenskelch bis zum letzten Schluck leer zu trinken, missachtet und bin fortgezogen." Bedrückt sah es zu Boden.

Das alte Herz lächelte verständnisvoll.

„Das kann ich verstehen. Die Welt ist ein wahres Schlachtfeld. Du bist immerhin als Herz derjenige, der diese Schlachten ausführen muss. Doch, so schmerzvoll das Leben auch daherkommt, bleib dir selber immer treu, deinen Tugenden, deinen guten Worten und Werken. Lass niemals zu, dass das Leben dich zum Negativen verändert, dass du fällst und aufgibst und der Bequemlichkeit halber alles vergisst und ablegst, was gut ist und was kämpfenswert ist. Dein Herr ist nun ohne Herz und so geachtet und gut er vorher gewesen sein mag, jetzt ist er kalt und hart ohne dich und ist aus

Stein." Das gerechte Herz erschrak.

Das alte Herz fuhr fort: „Du wirst keinen einzigen Ort auf dieser Welt finden, der ohne Schmerz und Leid ist. Keinen einzigen. Selbst wenn du noch so weit flüchtest, ein Leben ohne Leid kann nicht gelingen."

Das alte Herz lächelte das gerechte Herz milde an. Dieses jedoch verstand nicht. „Wieso? Wieso kann es kein Leben ohne Leid geben? Was ist der Sinn?"

„Wer an einem Wettkampf teilnimmt, erhält den Siegeskranz nur, wenn er nach den Regeln kämpft. Bleib also getreu in all deinem Tun und mühe dich emsig in meinem Weinberg; Gott selbst wird dein Lohn sein. Das ewige Leben lohnt wahrhaftig all diese und noch schwerere Kämpfe. Dann wirst du nicht mehr zu klagen brauchen, denn der Tod wird seine Macht verlieren, mein Sohn, denk an die Früchte dieser Mühsal, an ihr baldiges Ende und an den überreichen Lohn, so wirst du all dies nicht als Last empfinden, sondern als eine Quelle „des stärksten Trostes" in deinem Dulderleben. Haltet aus, wenn ihr gezüchtigt werdet. Gott behandelt euch wie Söhne und Töchter. Denn wo ist ein Sohne, eine Tochter, dessen ein Vater nicht züchtigt? Wer im Fleisch gelitten hat, für den hat die Sünde ein Ende.

Leiden reinigt die Seele, brennt das Böse heraus, wenn man es als Mittel der Erlösung ansieht und nicht als Strafe. Das Leben ist eine kleine Zeitspanne, aber die Ewigkeit ist ewig. Man wähle, für welches Leben man leben möchte."

Das alte Herz hatte seine weise Rede beendet und sah nun das gerechte Herz wissend an. „Ich verstehe … ."

Es wurde nachdenklich. „Aber, es gibt auch Seelen, die viel erlitten haben und dennoch böse sind."

Das alte Herz nickte. „Ja, die gibt es auch. Das passiert, weil kein Glaube als fester Felsen vorhanden ist, gegen welchen der leidgetränkte Sturm brausen kann. Ist dein Haus auf Sand gebaut, so reißen die Fluten es hinfort. Und wenn man nicht um die Kostbarkeit des Leides, der Kreuze weiß, sieht man dieses als Strafe an. Fühlt sich von der Welt hintergangen, im Stich gelassen. Feste, im Glauben verankerte Seelen stehen standhaft im Sturm, da sie wissen, warum das alles. Dass sie einen Lohn erwarten."

Das gerechte Herz sah erstaunt auf. „Woher wissen Sie das alles?"

Das alte Herz lachte leise. „Weil mein Herr eine solche Seele ist. Ihm wird hoffentlich der Lohn zuteil, den er sich Zeit seines langen Lebens so hart durch viele Kreuze erkämpft hat, mein Junge." Ein mildes Lächeln unterstrich diese Aussage, die das gerechte Herz beeindruckte. „Ist er einmal gestorben, geht seine leidgeschundene Seele ins Jenseits, in die Ewigkeit.

Hinauf in den Himmel."

„Amen", flüsterte das gerechte Herz.

Auf einmal stockte das alte Herz, rang um Luft. Das gerechte Herz geriet in Panik. „Ich werde hinfortgehen", flüsterte das alte Herz schmerzverzerrt und hüpfte – nun ein Licht einer Kerze entzündend – zu seinem Herrn zurück.

Das gerechte Herz folgte ihm. Das alte Herz versank in der Brust des alten Mannes, seines Herrn, und nach wenigen letzten Atemzügen lagen beide eiskalt, still und atemlos da. Die Ewigkeit.

„Lebet wohl", sagte das gerechte Herz. „Lebet wohl. Im Himmel. Ich hoffe, wir sehen uns wieder. Eines Tages."

ie Tage verstrichen ohne jede Besserung im Wesen des gerechten Mannes.

Er blieb eiskalt und gemein.

Obdachlose wies er schroff ab.

Rat oder Hilfe suchende Menschen beschimpfte er hart und schlug ihnen vor der Nase die Türe zu.

Der gerechte Mann fluchte, beleidigte, log tagein und tagaus und war sich dessen nicht mal bewusst.

Seine Haushälterin war deswegen ganz verzweifelt. Sie hatte sich vorgenommen, seine Gemeinheiten gegen andere zu verhindern. Doch, das war gar nicht so einfach. Er war gegen sie ja ebenso boshaft! Er hatte sich offensichtlich zum Ziel gesetzt, sie täglich zu beleidigen und dem Wahnsinn nahe zu bringen.

Regelrechte Angstzustände stand sie in seiner Gesellschaft aus und so war sie immer froh, wenn er sich immer öfter im Wirtshaus volllaufen ließ.

Die Menschen hatten inzwischen ebenso Angst vor dem gerechten Mann und mieden ihn auf der Straße so gut es ging.

Hasserfüllte Züge zeigten sich auf seinem Gesicht.

Kein Lächeln mehr. Keine aufheiternden Worte mehr.

Keine Zettelchen mehr mit weisen, tröstenden Worten.

Keine Güte, keine Barmherzigkeit, keine Liebe mehr.

Des gerechten Mannes Neider lachten nun über diese schon vorhergesehene Veränderung, denn als der gerechte Mann das arme Männchen damals bei sich beherbergte und die Gönner nur lobende Worte für ihn übrig hatten, so wussten die Neider, dass dies nicht für immer war. Eines Tages würde den gerechten Mann etwas treffen, das ihn aus der Bahn warf. Das ihn so scharf mitten ins Herz traf, sodass seine Güte dahin sein würde.

Es gab Stürme, die, wenn sie brutal tobten, auch Steine in die Knie zwingen konnten. Man konnte nicht ewig standhaft sein, das gab es nicht. Aus eigener Kraft.

Da der gerechte Mann nun wohl einer von ihnen zu sein schien, so suchten sie nun besonders seine Gesellschaft, fluchten, tranken und schwatzten heiter zusammen. So zogen sie eines späten Abends gemeinsam umher, lachten und grölten und erzählten sich allerlei Unehrenhaftes.

Hin und wieder trafen sie auf Menschen, die noch spät unterwegs waren, deren sie gemeine Dinge hinterher riefen oder gar Steine nachwarfen.

Plötzlich bemerkten sie einen Obdachlosen, der auf einer Bank sein Nachtlager bezogen hatte und selig schlief.

Gehässig lachend traten sie vor ihn hin. Mit boshaftem Lachen fingen sie an, diesen zu piesacken, ihn an den Haaren zu ziehen, ihm seine Sachen wegzunehmen. Der Obdachlose wachte erschrocken auf und erkannte den gerechten Mann, der ihm schon oft mit Geld, Kleidung und Essen geholfen hatte. Fröhlich sah er ihn an, unwissend über die veränderte Art des gerechten Mannes. Der Obdachlose erkannte das diabolische Grinsen in des gerechten Mannes Antlitz und erschrak. Was war hier los?

„Hey schwarzer Mann", begann einer der anderen Männer, „was liegst du hier? Scher dich fort!" Ein hässliches Lachen folgte.

Der Obdachlose wurde panisch. „Ich kann nirgends hin. Ich besitze nichts."

Die Gruppe lachte.

„Du bist also überflüssig?", lachte einer der Männer laut.

Der Obdachlose schluckte schwer.

„Sollen wir diese Stadt, diese Gesellschaft von diesem überflüssigen Gesindel befreien?", höhnte der gerechte Mann nun mit.

Der Obdachlose erschrak. Mit großen Augen starrte er den gerechten Mann an. „Was soll das bitte heißen?"

Einer der Männer lachte boshaft auf. Ehe der Obdachlose in der Dunkelheit, bloß durch das spärliche Licht der Straßenlaterne und des Mondes, etwas erkennen konnte, schlug einer der Männer diesen brutal nieder.

Bewusstlos, blutend am harten kalten Boden liegend, traten die Männer auf diesen Obdachlosen ein, bis er in einer Blutlache lag. Der gerechte Mann hielt sich jedoch im Hintergrund. Johlend und lachend traten sie immer weiter. Bis es ihnen langweilig wurde, da der Obdachlose keinerlei Regung mehr zeigte.

Da schoss dem gerechten Mann auf einmal ein Satz durch den Kopf, den er mal gelesen hatte: *Die Liebe freut sich nicht über das Unrecht, sondern freut sich an der Wahrheit.*

Kurz stand er so da und sinnierte darüber nach.

Er sah auf den am Boden liegenden, blutenden, toterscheinenden Mann und ... fühlte gar nichts.

* * *

Rasch verbreitete sich in der Stadt die Nachricht, dass jemand in der Nacht grundlos einen Obdachlosen totgeschlagen hatte.

Ohne Grund haben sie mich gehasst.

Die Täter seien auf der Flucht.

Es wurde nach Zeugen gesucht. Bislang gab es keine.

Die Haushälterin hörte diese Meldung und ahnte Böses. Denn am darauffolgenden Tag, nachdem der gerechte Mann nach einer langen Nacht im Wirtshaus wieder heimkehrte, erkannte sie Blutspuren an seinen Schuhen.

Zunächst glaubte sie, er habe sich selber verletzt oder derlei. Doch nach dieser Nachricht glaubte sie nun, der gerechte Mann habe wohl etwas mit dieser Tat zu tun.

Sie machte sich größte Vorwürfe, dass sie ihn vor dieser grauenvollen Tat nicht bewahrt hatte! Doch wie? Sie war immerhin im fortgeschrittenen Alter und war des Nachts im Bett. Dem gerechten Mann immerzu nachzulaufen wie einem kleinen Buben erschien ihr zu viel, besonders überstieg dies ihre Kräfte.

Der gerechte Mann schien diese Meldung über den Totschlag eines armen Obdachlosen kalt zu lassen.

Keinerlei Regung zeigte sich an ihm.

Viele legten dem gerechten Mann diese Tat theoretisch nahe, jedoch gab es kaum einen, der ernstlich daran glaubte, dass er tatsächlich zu so etwas fähig wäre. So verdächtige ihn niemand und man ließ ihn weiter in Ruhe. Dem gerechten Manne missfielen allmählich seine Bücher in der Bibliothek. Sie alle handelten nur von dem Guten, von Liebe zueinander, von

Geschwisterlichkeit! Was sollte er denn mit so einem Kram anfangen?

So beauftragte er seine Haushälterin, all seine Bücher irgendwohin zu bringen und diese zu verbrennen oder wegzuwerfen. Dies tat sie zwar und brachte die Bücher weg, spendete diese aber insgeheim der Wohlfahrt. Bücher verbrannte man nicht, noch warf man sie weg. So gab sie diese für Gutes weg. Nun stand der gerechte Mann in einer Bibliothek ohne Bücher und mit leeren Regalen. Er grinste diabolisch. „Das gefällt mir."

Die Haushälterin schüttelte verständnislos und mit sorgenschwerem Herzen den Kopf.

Wo soll das nur hinführen?

* * *

Tagein, tagaus verschwand der gerechte Mann fast den ganzen Tag nach draußen. Meist betrank er sich im Wirtshaus. Doch oft kam es vor, dass er auch nur seinen Zorn an anderen Menschen ablassen musste und sie mit schwer beleidigenden Bemerkungen erschrak, traurig machte oder provozierte.

Die Menschen fingen nun langsam an, den gerechten Mann zu fürchten. Dies war lange keine Trauerphase mehr, nein. Es schien mehr, als habe der gerechte Mann aufgehört, gut zu sein, an das Gute zu glauben. Überhaupt an irgendetwas zu glauben. Als habe der Sturm des Lebens ihn niedergedrückt, ihn besiegt.

Der Fels in der Brandung war untergegangen.

Wenn es einen wie ihn umhauen kann, dachten die Menschen, was wird dann wohl mit uns geschehen, wenn der Sturm kommt?

Alles kann, wer glaubt.

So legte sich nun die Finsternis über jene Stadt, in welcher der gerechte Mann lebte, da es nun keinen guten Menschen mehr besaß, zu dem man gehen konnte, wenn man Rat brauchte, Hilfe suchte, Sorgen abladen wollte und Wärme begehrte. Das Böse suchte permanenten Einzug in die Brust des gerechten Mannes, um aus seinem Loch – welches das gerechte Herz hinterlassen hatte – einen harten, kalten Stein zu formen, den er diesem in die Brust setzen wollte, sodass niemals wieder das Gute über den gerechten Mann mehr herrschen konnte.

Verderbnis, Tod und Bitterkeit sollten ihm sein Leben lang folgen.

Über Tage sinnierte das gerechte Herz über das, was das alte Herz gesagt hatte. Dass sein Herr nun eiskalt und böse wegen ihm war, da es die gute Moral, die Tugenden mit sich nahm und sein Herr nun der Unmoral anheimgefallen war. Stimmte das?

Konnte dies seinen Herrn nun zerstört haben? War er nun böse? - Natürlich, er besaß kein Herz mehr.

Es war bekannt, wie sich Menschen benahmen, die herzlos waren. Sollte es jetzt, gerade jetzt, wo es erst richtig mit dieser Abenteuerreise losging, wieder heimkehren? Was war nun zu tun?

Lange grübelte das gerechte Herz, unschlüssig darüber, wie es weitergehen sollte.

Das gerechte Herz streifte durch die Straßen der neuen Stadt und ihm wollte keine Antwort einfallen. Es war zu hin- und hergerissen. Sein Herr hätte gewollt, dass es zurückkehrte, zum Guten, dass es sich besann zu dem, was wirklich zählte. Dass es das Richtig tun sollte, ja sogar musste. Egal welcher Preis dafür gezahlt werden musste.

Plötzlich bemerkte das gerechte Herz ein anderes Herz auf seinem Weg. Es war tiefrot. Ein paar Löcher zierten seinen Leib, verkrustetes Blut hing an diesem. Rote, verquollene Augen und ein trauriger Blick, so erkannte das gerechte Herz, befanden sich ebenso an diesem Herzen. Voller Mitgefühl näherte sich das gerechte Herz diesem.

„Was bedrückt dich, Herzchen?", wollte das gerechte Herz von diesem wissen. Das traurige geschundene Herz, es war weiblich, blickte erschrocken zu dem gerechten Herzen.

„Bitte liebe mich", flüsterte es verzweifelt. „Bitte."

Das gerechte Herz war ganz berührt von diesem verzweifelten Ruf nach Liebe. „Ich verdurste", sprach es leise weiter. „Sieh mich an."

Das gerechte Herz sah es. Ausgetrocknet und krustig stand dieses Herz vor diesem.

„Ich liebe dich, meine Tochter", sprach das gerechte Herz voller Barmherzigkeit und öffnete seine Arme für eine Umarmung.

Das traurige kleine Herz sah mit großen Augen dem unglaublichen Akt reiner Liebe dieses Herzens zu, nach welchem es dürstete und sprang mit Sehnsucht in die geöffneten Arme des gerechten Herzen. Sogleich stürzte eine große Flut an Tränen aus diesem heraus und das gerechte Herz strich mit sanften, liebevollen Worten über dessen Schopf.

„Ruhig, meine Kleine", flüsterte das gerechte Herz. „Ich werde dir so viel Liebe geben, wie du brauchst. Ich bin da, Tochter.

Meine Liebe wird dich durchfluten, durchtränken, ausfüllen, gar ertränken."

Das traurige Herz konnte kaum mehr aufhören zu weinen. Das gerechte Herz nahm sich alle Zeit der Welt für dieses arme, ausgedurstete Herzchen und gab ihm Trost. Ewig standen sie so da auf dem Weg, vorüberziehende Herzen zeigten gehässig und diabolisch lachend auf sie, doch das gerechte Herz irrte dies nicht.

Urteilt nicht nach dem Augenschein, sondern urteilt gerecht!
Wenn man gut sein will, Gutes tun will, so fordert dies viele Opfer. Und warum sich vor herzkalten Lebewesen wegen eines liebevollen Aktes rechtfertigen, gar schämen?

Mit aller Offenheit gab das gerechte Herz Liebe, mit aller Güte gab es Trost und Freundschaft.

War die Welt denn schon so weit, dass sie gern öffentlich Hass verstreute, aber sich der Liebe in der Öffentlichkeit schämte?

O du ungläubige und unbelehrbare Generation! Wie lange muss ich noch bei euch sein? Wie lange muss ich euch noch ertragen?

Langsam kam das traurige Herz zur Ruhe. Das gerechte Herz sah es milde an. Mit beiden Händen umfasste es sanft dessen Gesicht. Aus roten, nassen, verzweifelten Augen blickte es in die gerechten, wissenden und milden Augen des gerechten

Herzen.

„Tochter", finge dieses an, „erzähle mir von deiner Pein. Was ist dir zugestoßen? Warum gibt man dir keine Liebe?"

Das traurige Herz schluckte weitere Tränen hinunter. „Diese Welt ist ein Ort eiskalter Finsternis", klagte es. „Liebe zu finden, echte, wahre, reine Liebe, ist wie eine Wolke einzufangen. Schier unmöglich. Die Finsternis, die Kälte und die Bosheit, ein fürchterliches Drillingspaar, regieren diesen Ort. Mit großem Erfolg. Falls noch Liebe existiert, so meist nur die Hassliebe, ungerechte, unehrliche, hinterhältige Liebe. Du, mein Bruder, scheinst eine seltene Gabe zu besitzen. Wahrhaft lieben zu können ohne Falsch."

Das kleine Herz sah das gerechte Herz aus kleinen traurigen Augen an.

Großes Mitleid legte sich auf das gerechte Herz. „Du meinst, du suchtest wahre reine Liebe, fandest jedoch nur hinterhältige Liebe vor und so entstanden deine Wunden?"

Das traurige Herz nickte. „So ist es. Ich habe sehr viel geliebt. Sehr, sehr viel. Mit meinem ganzen Leibe. Mit jeder Faser; jeden Schlag, den ich tat, gebührte diesem anderen Herzen. Aber es kam nichts zurück. Nur Tritte, Schläge, Stiche. Ich begann zu verdursten. Mein Blut wurde weniger."

Das gerechte Herz konnte vor Rührung nicht mehr an sich

halten. Es begann bitterlich zu weinen.

Das traurige Herz sah ihm zu. Doch sofort kamen auch diesem wieder Tränen in die Augen und es warf sich wieder in die Arme des gerechten Herzen.

So standen sie nun umschlungen und bitterlich weinend auf dem Weg und beweinten diese herzkalte Welt.

Lange standen sie so da und ließen den Hohn und Spott vorbeiziehender Herzen über sich ergehen.

Dann löste das gerechte Herz die herzliche Umarmung und blickte in die leeren, verweinten, traurigen Augen des kleinen Herzen. Es lächelte es sanft an. „Meine Tochter", begann das gerechte Herz, „ich weiß, dein Leib ist zerstört, der Kummer gesät, das Leid geerntet. Doch wenn du kämpfst, allein schon für dich selber, dann wirst du gewinnen. Lass niemals zu, dass andere dich beherrschen, dass andere dir sagen, wie du zu sein hast, was du zu fühlen hast, wie du dich in einem bestimmten Moment zu benehmen hast. Wie es dir gehen soll. All das hast du selber in der Hand. Du allein kannst bewirken, dass alles, was man dir befiehlt, antut, sagt, dich nicht trifft. Keine lebende Seele dieser Erde hat so viel Macht, um jemand anderes Machthaber zu sein. Jeder ist Teil des Ganzen, aber niemand steht über allem. Sei dir dem bewusst. Liebe ist das

Ziel und wenn dir nur Hass entgegenschlägt, so bemitleide diese armen Herzen. Hass rührt oft von Schmerzen. All jene, die hassen, haben oft selber Schmerz erfahren. Doch jeder verarbeitet ihn anders. Die einen bleiben stark und sich selber treu und weiterhin gut; die anderen lassen ab vom Guten und verwandeln sich in genau jene, die ihnen diesen Schmerz zugefügt haben."

Das gerechte Herz sah das traurige Herz voller Sanftheit an. Dieses schaute nun mit Staunen aus seinen kleinen Augen und schniefte. „Ist das wahr?"

Das gerechte Herz nickte mild lächelnd. „Oh ja. Das ist es."

Eine Weile sah das traurige Herz nachdenklich umher.

„Und", begann das gerechte Herz erneut, „darüber hinaus hat Leid einen tieferen Sinn. Es bewirkt Reinigung. Es macht das eigene Selbst gut. Heilig. Frei von Lastern. Wenn du diese Reinigung zulässt, wirst du das Leben gewinnen. Dessen sind sich nur wenige bewusst."

Es lächelte.

Das traurige Herz bekam große Augen. „Ist das so? Woher weißt du das?"

Das gerechte Herz lächelte. „Das hat mich mein Herr gelehrt. So sind die Spielregeln des Lebens."

Das traurige Herz war nun ganz fasziniert. „Wer ist dein Herr,

Bruder?"

Das gerechte Herz atmete tief durch. „Er ist ein gerechter Mann, voller Liebe und Barmherzigkeit. Er spielt die Spielregeln sehr gut. Seine Wurzeln sitzen fest und tief in der Erde des Glaubens. Egal welche Dinge ihm widerfahren, die Liebe lässt ihn recht handeln. Er übt keine Gewalt aus, weder geistig noch körperlich, er baut auf Gerechtigkeit, stiftet Frieden, er lehrt und hält das rechte Gesetz, übt weder Vergeltung noch Widerstand, er liebt seine Feinde, gibt ohne zu verlangen, vergibt so oft er kann ohne etwas nachzutragen, er richtet niemanden, da er selber nicht ohne Laster ist und baut ohne Sorge auf Gott ohne nachzufragen, ohne zu zweifeln." Das gerechte Herz lächelte das traurige Herz an, das dieses nun voller Bewunderung ansah. „Wie schafft er das nur?", hauchte das traurige Herz.

Das gerechte Herz zuckte mit den Schultern. „Ich nehme an, da er nicht herzlos ist und versucht, alle zu verstehen und miteinander zu vereinen."

Das traurige Herz schluckte. „Aber … du bist doch hier, ohne ihn."

Das gerechte Herz verstand erst nicht, doch dann verstand es zu gut. Schockiert sah es das traurige Herz an und nickte. „Ja. Das ist wahr."

Stille.

Das traurige Herz sah das gerechte Herz nun mitleidig an.

„Warum hast du ihn denn verlassen?" Es war fast ein Flüstern.

Das gerechte Herz sah es verzweifelt an. „Seine Schmerzen taten mir zu weh und so verließ ich ihn feige. Doch ich hatte keine Ahnung, dass die Welt weit schmerzhafter ist, als seine Schmerzen je sein könnten. Dass die Herzen dieser Welt weit schlimmer sind als jedes Übel, dass einen im eigenen Haus treffen kann. Ich hatte ja keine Ahnung ..."

Was gedenkst du nun zu tun, mein Bruder?",
sprach das traurige Herz.

„Geht euren Weg, solange ihr das Licht habt, damit euch nicht
die Finsternis überrascht. Wer in der Finsternis geht, weiß
nicht, wohin er gerät. Solange ihr das Licht bei euch habt,
glaubt an das Licht, damit ihr Söhne des Lichts werdet",
sprach da das gerechte Herz und das traurige Herz verstand
nicht, was es bedeuten sollte, sodass es wartete, ob das
gerechte Herz noch mehr sagte.

„Ich werde meinen Herrn aufsuchen und ihn vor großen
Lastern bewahren, falls das noch möglich ist."

Das traurige Herz nickte. „Ja. Ja. Gut."

Nun verstand es.

Das gerechte Herz seufzte schwer.

„Was ist los? Ist dir nicht wohl?", das traurige Herz schien
besorgt.

„O Tochter, wenn du nur wüsstest!", schrie das gerechte Herz
verzweifelt aus und fiel schluchzend auf dem Kopfsteinpflaster
auf die Knie. Die Tränen kamen in Bächen hernieder und
bedeckten den Boden.

Das traurige Herz ließ sich neben ihn auf den Boden fallen.

„So, Bruder, sprich dich aus."

Das gerechte Herz sah auf und unter Tränen schüttelte es heftig den Kopf. „Es ist zu schlimm."

„Nein, mein Bruder. Sprich, egal was es ist. Lass es raus, lass los."

Das gerechte Herz schniefte. Es dauerte ein wenig, bis es sich etwas beruhigt hatte. „Mein Herr, er war ein so guter Mensch … so unvergleichlich … die Liebe in Person." Es schniefte erneut.

„War?" Das traurige Herz war verwirrt.

Das gerechte Herz sah es an. Es nickte. „Ja. War. So denk doch: Wenn ich, sein Herz, fort bin, so ist er nicht mehr gut. Er ist herzlos, kalt, böse."

Ein weiteres Schniefen.

Das traurige Herz sah es weiter an. „Aber … das weißt du nicht …"

Das gerechte Herz schüttelte sich. „O doch, das ist unweigerlich so. Wie sollte er sonst sein, so ohne Herz? Er ist so, wie all die anderen Menschen da draußen, deren Herzen alleine umherlaufen. Wieso glaubst du, laufen sie allein umher? Wären sie in der Brust ihrer Herren, so gäbe es keine herzlosen Menschen. Daher ja das Wort. O Gott!" Verzweifelt warf es sich auf den harten, kalten Boden. „Ich hatte ja keine Ahnung!"

Verzweifelt schrie das gerechte Herz. Heiße Tränen brachen aus ihm heraus, alte krustige Wunden platzten auf und heißes rubinrotes Blut floss auf das Kopfsteinpflaster. Erschrocken sah das traurige Herz dieser dramatischen Szene zu. „O Bruder! Was ist mit dir?", rief das traurige Herz panisch, unfähig, irgendetwas zu tun. Was hätte es auch tun können?

In purer Verzweiflung und Panik begann das gerechte Herz sowohl von Blut als auch von Tränen zu vertrocknen.

Das traurige Herz musste mitansehen, wie dieses auf offener Straße verblutete aus lauter Qual über diese kalte Welt, dessen Herrscher das Böse war.

„Mein Bruder, wenn du jetzt stirbst, wird dein Herr nie wieder gut werden, sondern mit dir sterben und das im Bösen!", rief da das traurige Herz dem gerechten Herzen entgegen. Sofort erschrak dieses über sich selbst und hielt in seiner Verzweiflung inne.

„Mach es wieder gut und du handelst gerecht", so stark sprach nun das traurige Herz. Das gerechte Herz sah zu diesem hoch und war über diese Worte verwundert.

„Trockne deine Tränen und dann handle." Das traurige Herz zwinkerte ihm zu. Das gerechte Herz schniefte, rappelte sich schwerfällig mit Hilfe des traurigen Herzens hoch und nickte.

„Ja, du hast Recht, Tochter. Verzweifeln nützt nichts. Ich muss handeln. Für meine Fehler einstehen. Stark sein."

Das traurige Herz lächelte und nickte.

„Ganz recht. Und ich ebenso. Für meine Herrin muss ich wieder zurück und stark sein. Sie stärken und mit Glauben ausrüsten."

Nachdem sich das gerechte Herz und das traurige Herz voneinander verabschiedet hatten, ging jeder seines Weges, um für den jeweiligen Menschen weiterzuleben und stark zu sein.

Das gerechte Herz jedoch hatte keine Ahnung wo es war und wie es wieder nach Hause finden sollte. In diesem Moment sehnte es sich so sehr wieder nach Hause in die Brust seines Herrn zurück, dass es einen beißenden Stich spürte. Es schleppte sich weiter die Straße entlang. Immer schwerer wurde sein Leib. Die Sehnsucht wurde so groß, dass es nur mühsam weiterpumpen konnte. Heimweh.

Warum nur war die Existenz ein einziger Leidenskelch?

War die Erdenwelt in Wahrheit bereits die Hölle? Die Verdammnis?

Das Herz erschrak. Warum hatte es solche Gedanken? Es hatte

doch bereits die Antwort auf die Existenz. Auf Leiden.

Schmerz. Tod.

Schließlich musste sich das gerechte Herz an eine Wand stützen, um kurz zu ruhen. Es schloss die Augen. Es brauchte eine Pause, Ruhe, Erholung.

Pure Erschöpfung machte sich breit.

Das gerechte Herz atmete schwer. Was war auf einmal los? Doch dann spürte es plötzlich etwas Heißes an sich hinunterlaufen und es erschrak, als es sah, wie erneut Blut aus den verkrusteten Wunden lief.

Das gerechte Herz setzte sich auf den Boden. Wie konnte es nur verhindern zu verbluten? Wie konnte es die Wunde stopfen?

Panisch dachte es nach, doch nichts wollte ihm einfallen. Es spürte, wie langsam die Kälte und Bewusstlosigkeit Besitz von diesem ergriff. Schwere kalte Dunkelheit überkam das gerechte Herz. Taubheit der Glieder, Schwindel und plötzlich … stand es still.

Ein kleiner kühler Windhauch und verblasste Stimmen. Finsternis. Die Bewusstlosigkeit tauschte ihren Wachposten mit dem Bewusstsein. Ein winziger Lichtpunkt erschien. Schweben. Was war geschehen?

Eine sanfte Stimme zur Linken. Eine sanfte kühle Hand auf der Stirn. „Wach auf", flüsterte die Stimme. „Wach auf."

Aufwachen? Woraus? War dies überhaupt ein Traum, um aufwachen zu können?

„Wach auf."

Das Bewusstsein drang sich barsch in den Vordergrund. Es riss seine Hand nach vorn und zwang die Augen sich zu öffnen. Mit einem schweren lauten Aufatmen riss das gerechte Herz seine Augen auf. Der Lichtpunkt war weiter entfernt, die kühle Hand auf der Stirn gehörte zu einer jungen Herzdame, die das gerechte Herz freundlich anlächelte.

„Du bist wach", flüsterte sie sanft.

Das gerechte Herz sah verwirrt drein. „Was ist passiert? Wo bin ich hier?"

Die junge Herzdame lächelte weiter sanft. „Du bist stehengeblieben. Wir haben dich gefunden und dich wiederbelebt durch Massage. Du warst wohl sehr erschöpft. Hast gute drei Tage durchgeschlafen." Sie strich ihm sanft über die Hand. Das gerechte Herz schluckte. „Drei Tage? Und … wer ist „wir"?"

Die Herzdame zwinkerte. „Das Herzklinikum. Wir sind Herzen von Doktoren und verstehen es, kaputte Herzen wieder zu fixieren." In diesem Moment kam ein älteres Herz mit leicht ergrautem Haar herein, sah das gerechte Herz und rief: „Ah, er ist wach."

Fröhlich kam er an das Bett des gerechten Herzen und gab diesem die Hand. „Ich bin hier der Leiter und der behandelnde Arzt. Ich hoffe, du konntest dich gut erholen? Es war recht schwierig, dich wieder in die Gänge zu bringen." Er zwinkerte dem gerechten Herzen zu. Dieses nickte. „Ja. Danke. Es geht mir besser."

Das Doktorherz lächelte. „Ausgezeichnet."

„Ich war auf dem Weg nach Hause und plötzlich ...", das gerechten Herz suchte nach Worten. Der Doktor nickte wissend. „Ich verstehe." Ernst sah er das gerechte Herz an. „Wo ist dein Zuhause, falls ich fragen darf?"

Das gerechte Herz schüttelte verzweifelt den Kopf. „Ich weiß es nicht. Ich war auf Reisen. Ohne meinen Herrn. Ich weiß nicht wo ich hier bin und wie ich heim finden soll."

Die Herzdame und das Doktorherz sahen einander mitleidig an. „Mein Freund", begann der Doktor, „vielleicht kannst du erzählen, wie es bei euch aussieht. Ich komme viel rum und eventuell kann ich dir so weiterhelfen, dein Zuhause wiederzufinden."

Das gerechte Herz dachte nach. Konnte es etwas erzählen? Weiß es genug von dem Ort, wo es lebte? Wie er aussah. Sah denn nicht jeder Ort gleich aus?

„Nun", begann es, „ich weiß nicht genau. Es gab da Schiffe, auf dem bin ich weitergereist." Es wusste nicht recht, inwieweit dies dem Doktor hilfreich sein könnte. Dieser lachte.

„Ach, so ist das! Na ja, ich kenne nur einen Ort, an dem in der Nähe ein Hafen angelegt ist. Eventuell ist dieser dein Zuhause."

ch muss also nur immer geradeaus gehen und schon bin ich am Ortshafen, der mich an den Hafen meiner Heimat bringen wird?", sagte das gerechte Herz.

Das Doktorherz nickte. „Ja, normalerweise schon, wenn alles gut geht. Kommt natürlich auch immer darauf an, wohin das Schiff fährt. Doch dein Hafen und der unsere sind die einzigen Anlegehafen, die mit ihren Handelsschiffen hin- und herziehen. Ich wünsche dir alles Gute, Bruder."

So verabschiedeten die Herzdame und das Doktorherz das gerechte Herz.

Dieses tat wie ihm geheißen und spazierte immer nur geradeaus, um an den Hafen zu gelangen. Nach einem ewiglangen Fußweg erreichte das gerechte Herz endlich den Hafen. Doch es erblickte kein einziges Schiff!

So setzte sich dieses auf einen Stein und wartete ab.

Lange saß es so da und fragte sich bereits, ob denn überhaupt jemals ein Schiff anlegte. Es konnte von Segen sprechen, dass ihm sein Herr die Tugend der Geduld gelehrt hatte und so wartete das gerechte Herz weiter frohen Gemüts ab.

Die Herzklinik hatte ihm recht gut getan. Einige Tage Ruhe war etwas, was es dringend nötig hatte und was auf der Welt eine wahre Rarität war.

Nun, am frühen Morgen, fühlte es sich so erquickt, dass es seine Reise fortsetzte. Doch inzwischen verwandelte sich der frühe Morgen in einen strahlenden Mittag. Das gerechte Herz sah umher und erkannte mit einem Mal ganz weit hinten ein Schiff sich nahen! Das gerechte Herz lächelte. Endlich!

Bis das Schiff jedoch anlegte, dauerte es noch einige Minuten und so wartete das gerechte Herz weiter ab.

Als dieses dann endlich anlegte und Menschen von Bord gingen mit großen Holzkisten in den Händen, sprang das gerechte Herz flugs an Bord und versteckte sich in einer Ecke. An Deck wollte es jedoch nicht bleiben, es könnte entdeckt werden. So schlich es sich eilig ungesehen nach unten und erstarrte, als es dort Herzen sah, die beieinander saßen und das gerechte Herz erschrocken erblickten.

„Wer bist du?", fragte eine weinrote Herzdame mittleren Alters und trat auf das gerechte Herz zu. „Willst du uns berauben? Diese Schätze" – sie zeigte in eine Ecke, wo haufenweise Juwelen in einer Kiste lagen – „gehören uns." Sie klang feindselig.

Das gerechte Herz lächelte milde.

„Welcher Schatz? Verschafft euch einen Schatz, der nicht abnimmt, droben im Himmel, wo kein Dieb ihn findet und keine Motte ihn frisst. Denn wo euer Schatz ist, da ist auch euer Herz"*, so sprach es und die Herzen um ihn herum sahen einander verwirrt an.

„Wie meinst du das?", fragte da ein kleineres Herz.

„Gebt Acht, hütet euch vor jeder Art von Habgier. Denn der Sinn des Lebens besteht nicht darin, dass man aufgrund seines großen Vermögens im Überfluss lebt. Sorgt euch darum nicht um euer Leben. Fürchte dich nicht, du kleine Herde!"*
Das gerechte Herz lächelte freundlich.

Es blickte in die verwirrten Gesichter der anderen Herzen und wartete.

„Du sprichst wie ein Weiser", flüsterte die Herzdame vor ihm. „Bist du es?"

Das gerechte Herz lächelte weiterhin. Es sah die Dame direkt an und sagte: „Ich würde mich selber nicht als weise bezeichnen, da ich alles, was ich weiß, von meinem Herrn, der bestimmt weise ist, gelehrt bekam."

„Und warum sagst du etwas gegen unser Vermögen?", wollte die Dame weiter wissen.

„Wenn man es den Armen gibt, macht es nichts", sprach das gerechte Herz. „Aber: *Wem wird all das gehören, was du angehäuft hast, wenn man dein Leben noch in dieser Nacht zurückforderte?"*, sprach es weiter.

Die Dame sah das gerechte Herz geschockt an. Da fuhr es fort: *„So geht es jedem, der nur für sich selbst Schätze sammelt, aber vor Gott nicht reicht ist. Wer von euch kann mit all seinen Sorgen denn sein Leben auch nur um eine kleine Zeitspanne verlängern?"*

Das gerechte Herz sah milde in die Runde.

Keiner sagte etwas.

„Er hat Recht", rief dann das kleine Herz. „Er hat Recht."

Die anderen Herzen sahen das kleine Herz entgeistert an. „Wie bitte?"

„Ja, denkt doch: Wir sind Herzen! Wenn wir uns nicht gut benehmen, wer soll es dann tun? So wie wir sind, lassen wir zu, dass unsere Herren ebenfalls so sind! Es bleibt nicht bei uns allein! Es wirkt sich aus, auf andere. Wir sterben irgendwann und verwesen. Aber der Geist: Er wird dorthin gehen, eben nach seinem Herzen. War es gut, war es böse … Wo geht man hin? Davon hängt alles ab", so sprach das Kleine weiter.

Das gerechte Herz war hocherquickt, etwas so Wahres von einem anderen Herzen zu hören und lächelte herzlich.

„Amen!" Das gerechte Herz zwinkerte das kleine Herz an und

dieses kicherte süß. Es war offenbar ein Kinderherz.

Dann räusperte sich das gerechte Herz und sagte: „Warum ich eigentlich hier bin: Ich bin auf dem Weg nach Hause. Zu meinem Herrn."

„Wo ist das?", rief das Kinderherz sofort.

„Ich habe leider keine Ahnung", sagte da das gerechte Herz. „Ich weiß nicht, wie dieser Ort heißt. Ich weiß nur, dass es dort auch einen Hafen gibt."

Die ältere Herzdame sah ihn entschuldigend an. „Nun, da wir tagelang unterwegs waren und auch erstmal, wenn wir von hier wieder abgelegt haben, nicht so schnell irgendwo anlegen werden, weiß ich nicht, ob wir an deinem Ort vorbeikommen oder gar dich dort rauslassen können, sogar wenn wir ihn genau kennen würden."

Das gerechte Herz sah besorgt drein.

„Aber wir müssen ihm doch helfen!", rief das Kinderherz und sprang auf. „Irgendwie."

Die Herzdame beachtete es gar nicht. „Tut uns sehr leid."

„Nein!", schrie das Kinderherz.

Das gerechte Herz legte sanft eine Hand auf den Schopf des Kindes. „Mach dir keine Sorgen. Ich finde einen Weg."

Es lächelte mild.

Die Herzdame sah das gerechte Herz kühl und herablassend

an. „Also darf ich annehmen, dass du unseren Schatz in Ruhe lässt?"

Das gerechte Herz sah sie an. *„Du hast nicht das im Sinn, was Gott will, sondern was die Menschen wollen. Umsonst habt ihr empfangen, umsonst sollt ihr geben. Steckt nicht Gold, Silber und Kupfermünzen in euren Gürtel. Geht also durch das enge Tor! Denn das Tor ist weit, das ins Verderben führt, und der Weg dahin ist breit und viele gehen auf ihm. Aber das Tor, das zum Leben führt, ist eng und der Weg dahin ist schmal und nur wenige finden ihn."*

Es sah die Herzdame sanft an, die nun hart schluckte.

Alle starrten ihn verehrend an. Dann räusperte sich die Herzdame und sagte nun noch kühler: „Ich wünsche, dass du gehst, du bist hier nicht willkommen. Deine Verurteilungen sind hier fehl am Platz. Außerdem sehen wir keinen Weg dir zu helfen." Aus Eisaugen blickte sie das gerechte Herz an.

Dieses sah die herzkalte Herzdame aus milden Augen an und sprach: *„Alles, was ihr von anderen erwartet, das tut auch ihnen! Auch ich verurteile dich nicht. Denn ihr urteilt, wie Menschen urteilen, ich urteile über keinen. Ich bin nicht auf meine Ehre bedacht; doch es gibt einen, der darauf bedacht ist und der richtet."*

Das gerechte Herz sah die Herzdame voller Liebe an. Diese

schluckte erneut hart und zuckte die Schultern. „Na, wenn du meinst. Da, setz dich zu uns!"

Das Kinderherz quietschte freudig auf und das gerechte Herz lächelte mit Freudentränen in den Augen.

Es trat zu den anderen und setzte sich zu ihnen.

Die Herzdame jedoch schnaubte nur verächtlich und trat zu ihrem Schatz. Voller Bewunderung waren ihre Augen auf dieses geheftet.

Das gerechte Herz bekam großes Mitleid mit ihr, da ihr ganzes Wesen voll und ganz von irdischen Lasten vereinnahmt war.

Sie war nicht frei, daher auch ihre Unzufriedenheit und Kühle.

„Kein Mensch kann sich etwas nehmen, wenn es ihm nicht vom Himmel gegeben ist", sprach da das gerechte Herz sanft in den Raum, doch keiner verstand, was es damit sagen wollte.

So sprach es weiter: *„Der Geist ist es, der lebendig macht; das Fleisch nützt nichts."*

Die Herzdame hörte, was es sagte, drehte sich jedoch nicht zu ihm um und ignorierte es. Doch kurz darauf brach es aus ihr heraus: „Wenn du etwas gegen Reichtum hast, dann lass die wenigstens zufrieden, die ihn haben und halte dich davon fern!" Sie brüllte fast schon.

Alle zuckten erschrocken zusammen, doch das gerechte Herz

saß entschlossen, unerschrocken und sanft lächelnd da. „Wie ich bereits sagte: Wenn man es den Armen gibt, macht es nichts. Auch mein Herr ist reich, gibt jedoch denen, die nichts haben viel davon ab. Ich besitze etwas viel Machtvolleres, Schöneres und Reichermachenderes als Reichtum selber", antwortete dieses mild.

Die Herzdame lachte gehässig. „Ach ja? Und was? Weisheit?"

Das gerechte Herz lächelte. „Nein. Ein gutes, freies Sein. Tugenden, ein gutes Gewissen. Gott."

Die Herzdame lachte diabolisch. „Aha!"

Das gerechte Herz sprach weiter: *„Denn ihr wart Sklaven der Sünde, seid jedoch von Herzen der Lehre gehorsam geworden, an die ihr übergeben wurdet. Ihr wurdet aus der Macht der Sünde befreit und seid zu Sklaven der Gerechtigkeit geworden."*

Die Herzdame sah nun nachdenklich drein.

„Befreie dich, meine Tochter", sagt das gerechte Herz, „habe Mut."

orn, Eifersucht, Sorge und Schrecken, Todes-
angst, Zank und Streit. Noch auf dem Bett zur Ruhezeit verwirrt der nächtliche Schlaf ihm den Sinn.

Bald wird er, nach einem Augenblick der Ruhe, von
schrecklichen Träumen aufgejagt, bald in die Irre getrieben
durch Vorspiegelungen seiner Seele, wie ein Flüchtling, der
dem Verfolger entrinnt; gerade während er sich rettet, wacht
er auf und wundert sich über die Angst um nichts.
Hinzu kommt über alles Lebende, vom Menschen bis zum
Vieh, und über die Sünder siebenfach: Pest und Blut, Fieber
und Schwert, Untergang und Verderben, Hunger und Tod.
Für den Frevler ist das Übel erschaffen und seinetwegen
kommt die Vernichtung.
Alles, was von der Erde stammt, kehrt zur Erde zurück, was
aus der Höhe stammt, zur Höhe.

Der gerechte Mann schreckte hoch.
Er war schweißgebadet. Sein Puls raste.
Es war Mitternacht.
Diese Worte ... eine Erinnerung flammte auf.

Woher kannte er sie? Was war die Bedeutung?

Die Erinnerung an Gutes, an Liebe flackerte kurz auf und war ebenso schnell wieder fort.

Verwirrt schüttelte der gerechte Mann den Kopf. Was war das nur?

Dann spürte er plötzlich einen furchtbaren Schmerz in der Herzgegend. Mit ersticktem Schrei hielt er sich die Brust. Die Lücke, die das gerechte Herz hinterlassen hatte, pochte. Sie war eine offene Wunde, die nun begann, sich allmählich zu verschließen. Der Schmerz wurde immer heftiger.

„Was zur Hölle ...?", sagt der gerechte Mann und konnte kaum atmen.

Mühsam stand er von seinem Bette auf, verließ sein Lager und gekrümmt vor Schmerz schleppte er sich zum Fenster, um es zu öffnen und frische Luft reinzulassen. Nur mit großer Mühe gelang es dem gerechten Mann und gierig sog er die frische kühle Nachtluft ein. Der stechende Schmerz wurde zwar besser, doch verschwand er nicht völlig. Ein Engegefühl blieb weiter in seiner Brust bestehen und so musste der gerechte Mann sich dennoch weiter mit Schmerzen durch die Nacht kämpfen. Lange fand er keinen Schlaf, schlug sich mal nach rechts und dann mal nach links auf seinem Lager.

Stund um Stund verging und um vier Uhr am Morgen war es

dem gerechten Mann zu viel. Mit Kopf-, Brust- und Gliederschmerzen stand er endgültig auf und kleidete sich an. Er wollte in aller Herrgottsfrühe die Schmerzen im Suff ertränken, mit der Hoffnung, dass es dann besser ginge.

Er trat aus seinem Zimmer und entdeckte, dass seine Haushälterin noch nicht aufgestanden war. So schlich sich der gerechte Mann mit Bruststechen aus dem Hause und verschwand durch die Straßen.

Kein Windhauch, kein Geräusch, keine Menschenseele fand man draußen vor. Nur die Straßenbeleuchtung zeigte dem gerechten Mann den Weg und war das Licht in der Finsternis.

Wer aber die Wahrheit tut, kommt zum Licht. Achte also darauf, dass in dir nicht Finsternis statt Licht ist. Wenn dein ganzer Körper von Licht erfüllt und nicht Finsternis in ihm ist, dann wird er so hell sein, wie wenn die Lampe dich mit ihrem Schein beleuchtet.

Abrupt blieb der gerechte Mann stehen.

Diese Worte …

Wieder solche Worte …

Woher kannte er sie?

Geschockt starrte er auf die leergefegte dunkle Straße. Er schluckte schwer. Seine Brust stach, pochte, brannte.

Schmerzverzerrt lief der gerechte Mann weiter.

In seinem Kopf hallten diese Worte nach. Was war deren Bedeutung?

Nicht lange und der gerechte Mann erreichte eine Bank, auf der bereits Männer saßen und einander mit Flaschen in Händen etwas zugrölten. Als sie den gerechten Mann erkannten, lachten sie laut und riefen: „Na, wen haben wir denn da? Unser teuerster Mann an Bord!"

Lautes Grölen folgte. Sofort gab man ihm ebenso eine Flasche hochprozentigen Alkohols in die Hand. „Trink!", befahl einer. „Dann geht es dir besser. Egal, was für Leiden du hast."

Der gerechte Mann setzte sogleich die Flasche an die Lippen und goss sich gierig dessen Inhalt in den Mund.

„Wieder Lust auf ein Abenteuer?", fragte da einer der Männer den gerechten Mann und grinste. „Wem sollen wir heute den Garaus machen? Dann solltest diesmal **du** es erledigen, du hast jetzt gesehen, wie es geht." Diabolisch grinste er den gerechten Mann an.

„Ich möchte mich einfach nur betrinken. Danke", entgegnete da der gerechte Mann, leerte die Flasche und nahm sich von den Männern eine zweite, während er die leere Flasche auf der Bank abstellte. Die Männer grölten.

„Ach komm schon. Ist doch nichts dabei. Ist nur ein Mensch, der nichts wert ist. Wen kümmert´s, wenn **ein** Mensch mehr oder weniger auf der Welt ist?", lachte einer der Männer.

„Die Weltwirtschaft", antwortete der gerechte Mann. Die
Männer lachten laut.

*„Amen, amen, das sage ich euch: Wer die Sünde tut, ist
Sklave der Sünde."*

Die Männer verstummten. „Was? Wie war das?", lachte einer
von ihnen. Sie sahen den gerechten Mann herausfordernd an,
der versteinert und ausdruckslos mit der Flasche in der Hand
dastand.

Er wusste nicht, was er sprach. Woher kamen diese Worte?
Aus welchem Winkel seines Leibes?

*„Warum versteht ihr nicht, was ich sage? Weil ihr nicht
imstande seid, mein Wort zu hören. Ihr habt den Teufel zum
Vater und ihr wollt das tun, wonach es eurem Vater verlangt.
Er war ein Mörder von Anfang an",* sprach es aus dem Mund
des gerechten Mannes.

Die Männer sahen einander erzürnt an.

„Was zum Teufel redest du da, Mann? Wer bist du? Ich dachte,
du wärst einer von uns, lässt die Sau raus, willst Abenteuer
erleben. Einen dummen Besserwisser brauchen wir nicht in
unserer Truppe! Halt dich an unsere Regeln oder hau ab!"
Wutentbrannt stand der Mann vor dem gerechten Mann, der
nicht wusste, woher diese Worte kamen, was sie bedeuteten,

was das alles sollte.

Wie versteinert stand er da.

Ohne jede Reaktion.

„Kapierst du das?!", zischte der Mann genau vor ihm. Seine Augen waren voller Zorn.

Keiner von ihnen bemerkte den Mann hinter dem dicken Baum an der Bank, der sie alle belauschte und beobachtete. Der gerechte Mann war also Teil der Truppe, der diesen Obdachlosen auf dem Gewissen hatte?

Fassungslos starrte der Mann hinter dem Baum auf die Szene, die sich ihm bot.

Nun traten alle aus der Gruppe auf den gerechten Mann zu, der noch immer keine Regung zeigte.

Jeden Augenblick würde eine gewaltige Bombe hochgehen, dachte sich da der Mann hinter dem Baum und sah schon vor seinem geistigen Auge den gerechten Mann tot in einer Blutlache am Boden liegen.

Immer näher und näher kamen die Männer und im nächsten Moment stürmten sie auf den gerechten Mann ein und schlugen ihn, traten ihn, bespuckten ihn, zerschlugen alle leeren Flaschen auf ihm. Bis er reglos dalag.

Sie ließen, im Glauben, er sei tot, von ihm ab und liefen davon.

Rasch kam der Mann hinter dem Baum hervor, beugte sich über den gerechten Mann und ertastete seinen schwachen Puls.

* * *

Schwerfällig, mühsam und langsam öffnete der gerechte Mann seine Augen.

Wo war er? Alles war weiß. War er etwa tot?

Alles war ruhig. Wo war er nur?

Langsam und unter Schmerzen drehte er seinen Kopf zur Seite. Dort saß ein fremder Mann und las in einem Buch. Doch schon bald sah er auf und entdeckte, dass der gerechte Mann erwacht war. Der fremde Mann lächelte.

„Da sind Sie ja", sagte dieser freundlich und stand von seinem Stuhl am Fenster auf und ging auf den gerechten Mann in seinem Bett zu.

„Sie haben im Schlaf geredet", fügte der Fremde freundlich hinzu.

Der gerechte Mann sah ihn verwirrt an. „Geredet?"

Der Fremde nickte. „Ja. Einen Namen. Von einer Frau. Wer war sie?"

Der gerechte Mann dachte nach. „Ich weiß es nicht mehr."

Der Fremde nickte nun ernst. „Ich verstehe."

Der gerechte Mann schluckte. „Wo bin ich?", flüsterte er nun kraftlos.

„Im Hospital. Man hat sie zusammengeschlagen. Sie haben einige Tage geschlafen. Zum Glück konnte man Sie wiederherstellen, Sie waren übel zugerichtet." Der Fremde sah ihn mitleidig an.

Augenblicklich kam die Erinnerung zurück und der gerechte Mann seufzte.

„Es war diese Bande ...", begann der fremde Mann. Er setzte sich nun neben das Bett des gerechten Mannes auf einen Stuhl.

„Darf ich Sie kurz etwas fragen?"

Der gerechte Mann sah den fremden Mann verwirrt an, nickte jedoch.

Der Fremde räusperte sich. „Nun ... diese Bande ... was haben ausgerechnet **Sie** mit ihr zu schaffen?"

um Abschied winkte das gerechte Herz der Schiffstruppe zu. Man konnte ihn zwischendurch irgendwo rauslassen. Es war immer noch entfernt von der Heimat …

Lange sah es dem immer weiter sich entfernenden Schiff nach. Dann stand es auf einmal ganz alleine da.

Es war Tag und überall liefen Menschen umher. Viele Herzen spazierten auf dem Weg entlang und sahen das gerechte Herz voller Bosheit an.

Dieses ignorierte ihr Böses und lächelte freundlich zurück. Erschrocken über diese unerwartete Reaktion sahen die bösen Herzen mit zusammengekniffenen Augen weg.

Mit frohem Gemüt schritt das gerechte Herz des Weges und wusste eigentlich gar nicht, wo es hingehen sollte, um wieder nach Hause zu gelangen.

Ob es jemals wieder nach Hause fand?

Es vermisste seinen Herrn.

Gar nicht auszudenken, wie es diesem nun ohne sein Herz erging! Was er wohl für Übeltaten begangen hatte? Das gerechte Herz schniefte nun vor Traurigkeit. Es war alles seine Schuld. Warum musste es auch so töricht sein und denken, dass es anderswo schöner wäre und es sich dort besser leben ließe? Warum hatte es nicht auf seinen Herrn gehört? Nun hatte er diesen in ein furchtbar böses Leben getaucht, aus welchem er wohl nie mehr herausfinden und so als böser alter Mann sterben wird. Sein Herr wollte so ein guter Mensch sein und als gerechter Mensch sterben. Und wegen seines dummen törichten Herzens wurde er daran gehindert!

Das gerechte Herz blieb stehen und sah traurig dem Treiben auf den Straßen zu. Ist es da noch ein Wunder, dass sich die Menschen freiwillig ihr Herz aus der Brust nahmen, damit es ihnen nicht einen Strich durch die Rechnung im Planen ihrer Leben machte?

Nein.

Nun wunderte sich das gerechte Herz nicht mehr.

Jetzt kannte es die Antwort.

Aber würde es sich jetzt noch lohnen, zu seinem Herrn zurückzukehren, wo nun alles eh schon verloren war?

Das gerechte Herz ließ einen schweren Seufzer gen Himmel fahren und stand einsam und traurig auf der Straße.

Was war nun zu tun?

Alle rieten ihm, zurückzukehren.

Aber war das wirklich die Antwort?

Das gerechte Herz schritt nun weiter die Straße entlang,

immer weiter und weiter. Betäubt voll Traurigkeit,

Schuldgefühle und Pein verlor es sich in Gedanken und merkte

gar nicht, wie weit es bereits gegangen war. Hier gab es nun

kein geschäftiges Treiben mehr, sondern gruselige Stille.

Da erschrak das gerechte Herz und blieb auf der Stelle stehen.

Es sah sich um.

Es erschien ihm wie ein Ghetto.

Alles war dunkel, dreckig und verwahrlost.

Plötzlich hörte es laute brüllende Stimmen und Schreie. Sie

näherten sich. Und auf einmal sah es eine Horde Herzen;

dunkel, pechschwarz und voller Aussatz.

Wüste Beschimpfungen erfüllten den Hof und das gerechte

Herz erschrak über diese Worte, die die Herzen in den Mund

nahmen, denn das gerechte Herz hatte Solches noch nie zuvor

gehört.

Die Herzen begannen sich zu schlagen, zu bespucken und

zogen sogar Waffen hervor.

Erneut erschrak das gerechte Herz.

Was geschah hier nur? Warum tobte Hass zwischen ihnen?

Da ging das gerechte Herz auf sie zu und rief durch den Lärm

hindurch: *„Männer, ihr seid doch Brüder. Warum tut ihr*

einander Unrecht?"

Da stieß ihn eines der tobenden Herzen weg und schrie: *„Wer*

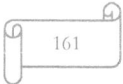

hat dich zum Anführer und Schiedsrichter über uns bestellt?"
Und der andere rief erbost: „Was also sollen wir denn deiner
Meinung nach tun, hm?" Er lachte diabolisch.
Das gerechte Herz sagte zu ihnen: *„Misshandelt niemanden,*
erpresst niemanden, begnügt euch mit eurem Sold!"
Da lachten all die bösen Herzen und das gerechte Herz stand
nur da ohne Regung. Plötzlich, ohne jede Vorwarnung, schlug
eines der Herzen dem gerechten Herzen brutal ins Gesicht.
Alle lachten.
Das gerechte Herz lag am Boden und hielt sich vor Schmerz
das Gesicht.
Unter Qualen richtete es sich mühsam wieder auf und alle
starrten es ungläubig an. Dann nahm das gerechte Herz die
Hände von seinem blutenden Gesicht und sagte: *„Wenn es*
nicht recht war, was ich gesagt habe, dann weise es nach;
wenn es aber recht war, warum schlägst du mich?"
Stille.
Keiner sagte ein Wort.
Erschrocken starrten sie das gerechte Herz an.
„Wer zur Hölle bist du?", flüsterte da ein schwarzes Herz und
starrte das gerechte Herz böse an.
„Lasst euch retten aus dieser verdorbenen Generation!", sagte
das gerechte Herz nur. *„Warum toben die Völker, warum*

machen die Nationen vergebliche Pläne? Die Könige der Erde stehen auf und die Herrscher haben sich verbündet gegen den Herrn."

Da fingen die bösen Herzen wieder an zu lachen.

„Oho, er redet von Gott!", grölte da eines der Herzen. „Nerv uns nicht mit so einem Unsinn, klar?! Hör auf und geh!"

Das gerechte Herz lächelte milde.

„Ob es vor Gott recht ist, mehr auf euch zu hören als auf Gott, das entscheidet selbst."

Die bösen Herzen grinsten gehässig.

„Aber meine Antwort ist diese: Man muss Gott mehr gehorchen als den Menschen."

Erneut lachten die bösen Herzen.

„Passt auf euch auf, sonst werdet ihr am Ende als Kämpfer gegen Gott dastehen."

Dann trat eines der Herzen – jenes, das dem gerechten Herzen ins Gesicht geschlagen hatte – vor und grinste das gerechte Herz böse an.

„Hast du zu allem, was wir sagen, heiliges Zeug zu erwidern?" Er lachte böse.

Das gerechte Herz lächelte milde. „Friede sei mit euch."

Das böse Herz funkelte es wutentbrannt an.

„Die Menschen und ihre Herzen sollten Gott suchen", begann

da das gerechte Herz, *„ob sie ihn ertasten und finden könnten; denn keinem von uns ist er fern. Denn in ihm leben wir, bewegen wir uns und sind wir, wie auch einige von euren Dichtern gesagt haben: „Wir sind von seiner Art." Gott, der über die Zeiten der Unwissenheit hinweggesehen hat, lässt jetzt den Menschen verkünden, dass überall alle umkehren sollen."*

Mit Liebe sah das gerechte Herz das böse Herz an. Dieses schluckte. Tränen der Wut füllten seine Augen.

„Weißt du was?", zischte da das böse Herz. „Dein ach so toller Gott hat mir all das hier angetan. Sieh dir nur meine Wunden an! Dein Gott hasst mich, warum sonst geht es mir so schlecht?"

Das gerechte Herz sah es voll Mitleid an und seufzte. „Es geht hier nicht um Hass. Dein Leiden besteht, weil *das Wirken Gottes an dir offenbar werden soll. Diese Krankheit dient der Verherrlichung Gottes.* Das Problem ist, dass alle denken, Leid sei eine Strafe. Man habe etwas getan, wofür man büßen muss. Das kann es aber nicht sein, da es sonst sehr ungerecht verteilt wäre. Und wenn doch, dann musst du nicht mehr abbüßen als andere auf der Erde. Ein weises altes Herz sagte mir einst, kurz vor seinem Hinscheiden, dass Leiden das Böse, die Sünde herausbrennt und es eigentlich eine Ehre ist, dass

Gott einen so leiden lässt, weil er in diesem Menschen eine besondere Hoffnung gesetzt hat und auf gar keinen Fall will, dass er verlorengeht. Durch die vielen Leiden also bist du eher besonders als verhasst. Gott will nicht, dass du verloren gehst und dein Herr. Das Leiden soll dich züchtigen und all das Böse aus dir herausbrennen. Es tut weh, ja, aber es heilt. Wie Medizin, die nicht schmeckt, aber umso besser heilt als jene, die lecker ist und keine Wirkung zeigt."

Das böse Herz starrte das gerechte Herz fassungslos an, ebenso alle anderen. Große Augen starrten das weise, gerechte Herz an.

„Ist das dein Ernst?", fragte das böse Herz voller Tränen in den Augen.

Das gerechte Herz nickte. „Ja, mein Sohn. Glaube es nur."

Liebevoll sah es das böse Herz an, das nun zu begreifen begann. Auch die anderen Herzen schienen zu begreifen.

Was ist eigentlich passiert?", wollte der gerechte Mann von dem Fremden wissen.

Dieser sah den gerechten Mann etwas gequält an. „Nun … diese Bande haben Sie zusammengeschlagen. Sie dachten, Sie seien tot und so liefen sie davon. Ich habe alles hinter dem dicken Baum an der Bank beobachtet."

Der gerechte Mann sah den Fremden ausdruckslos an.

„Demnach haben Sie also auch alles … mitangehört?"

Der Fremde nickte. „Ich befürchte ja."

Der gerechte Mann seufzte.

„Aber hören Sie, ich werde keinem etwas sagen, wenn Sie es nicht möchten. Es ist Ihr Gewissen und Sie müssen wissen, wann der Zeitpunkt gekommen ist."

„Ich glaube, ich habe gar kein Gewissen mehr", entgegnete der gerechte Mann.

Der Fremde sah ihn ernst an. „Was ist mit Ihnen geschehen?"

Der gerechte Mann atmete tief durch. Er schüttelte den Kopf.

„Ich weiß es nicht. Von einem Tag auf den anderen war ich auf einmal ein anderer. Als sei mir mein Herz abhandengekommen. Ich verstehe es nicht."

Der Fremde sah ihn weiterhin ernst an.

Stille.

Der gerechte Mann blickte den Fremden nun gefasst an.

„Warum haben Sie mir geholfen? Nach allem, was ich getan habe und was aus mir geworden ist."

Der Fremde räusperte sich. „Ich war schon immer ein großer Bewunderer müssen Sie wissen. Ich bewunderte Ihre Art. Ihre Herzlichkeit, wie Sie das Leben umfassen, wie Sie alles, egal was, mit ganzem Herzen annehmen und wie Sie aus allem das Beste machen. Wie Sie die Schwachen stärken, die Armen nähren, die Nackten bekleiden, die Obdachlosen aufnehmen. Wie Sie der bösen Welt mit dem Guten als Schwert begegnen. Das, mein Werter, habe ich stets an Ihnen bewundert."

Entschlossen sah der Fremde dem gerechten Mann ins Gesicht.

Dieser schluckte hart. „U-und jetzt also nicht mehr ...", schloss er daraus.

„O doch", schoss es aus dem Fremden heraus, „o doch. Deswegen bin ich hier. Weil ich Ihnen wieder auf die Beine helfen möchte. Weil ich Sie nicht fallenlasse, Sie nicht aufgebe. Nach all den Jahren habe ich eins aus Ihren Lehren gelernt: Einander aufzurichten. Immer und immer wieder, so oft es nötig ist. Das ist der Weg zu der Welt, nach der wir uns alle sehnen, das ist der einzige Weg zum Frieden, zum wahren Leben hier auf Erden. Ein Mensch unter Menschen, alle auf derselben Stufe, niemand mehr schwach, arm, klein, ausgestoßen. Das, mein Guter, habe ich von Ihnen gelernt und will es selber nun so halten", so sprach der Fremde zu dem gerechten Mann und atmete schwer nach diesen starken Worten.

Der gerechte Mann starrte ihn mit großen Augen an. „Das, wovon Sie da reden", begann dieser, „kommt mir so … seltsam vertraut vor."

Nun schien der Fremde verwirrt. „Wie bitte?"

Der gerechte Mann starrte dem Fremden entgegen. „Ich kann mich kaum mehr erinnern … wie ich einst gewesen war."

Es war fast ein Flüstern.

Der Fremde blickte dem gerechten Mann fest in die Augen. „Irgendetwas geht hier nicht mit rechten Dingen zu", schloss er und sein Gesichtsausdruck wurde hart.

Der gerechte Mann sah zum Fremden. „Was meinen Sie damit?"

„Ich meine, dass es äußerst sonderbar ist, dass von jetzt auf gleich einfach Ihr Herz zu Stein geworden zu sein scheint. Aber das, was am Sonderbarsten ist, ist die Tatsache, dass Sie sich nicht mehr daran erinnern, wer und was Sie noch vor einiger Zeit gewesen waren. Verstehen Sie? Das ist zu sonderbar. Das ist nicht möglich!"

Verwirrt starrte der Fremde den gerechten Mann an. Dieser wurde nun zornig.

„Soll das heißen, dass Sie mich einen Lügner nennen?!" Er schrie es fast. Seine Augen wurden zu zwei schmalen Schlitzen und seine Lippen wurden ebenso schmal. Er atmete schwer.

Der Fremde erschrak und sprang erschrocken vom Stuhl auf.

„Nein, verzeihen Sie, das meinte ich damit nicht. Es sollte gar kein Vorwurf oder gar Anschuldigung sein … ."

„Was zum Teufel meinen Sie dann, verflixt nochmal!", brüllte der gerechte Mann.

Der Fremde schluckte verängstigt. Sein Atem ging schnell.

Aus hasserfüllten Augen starrte der gerechte Mann den Fremden an.

Lange starrten sich beide nur so an, der Fremde wagte es nicht, auch nur ein Wort zu sagen.

„Ich vergebe Ihnen", sprach dann der Fremde endlich, „denn Sie wissen nicht, was Sie tun."

Der gerechte Mann erschrak. „Diese Worte …"

Der Fremde kam wieder auf den gerechten Mann zu. „Das sind Ihre Worte, mein Freund. Ihre Lehren, die Sie von Ihrem Gott haben. Und die Sie andere lehren."

Der gerechte Mann starrte den Fremden mit offenem Mund an. Er war sprachlos.

Schweigen erfüllte den Raum. Unausgesprochene Gedanken lagen in der Luft des Zimmers, verkrochen sich in alle Winkel des Raumes, spukten durch das Gemäuer.

Ewig waberte das Unausgesprochene umher, lag wie feuchte, schwere, tropische Luft zwischen den beiden Männern.

„Wo ist mein Herz?", flüsterte der gerechte Mann. „Wo ist es?" Verzweifelt sah er den Fremden an, der ihm nun mitleidig entgegenblickte.

„Ihr Herz ist in Ihrer Brust", sprach der Fremde. „Es ist weiterhin dort. Es war nie fort." Der Fremde setzte sich auf das Bett, ganz nah an den gerechten Mann und legte diesem seine Hand auf die Brust.

„Sehen Sie, genau da ist Ihr Herz. Spüren Sie, wie es schlägt?" Dem gerechten Mann liefen heiße, dicke Tränen die Wange hinab und landeten auf der Hand des Fremden.

Dieser schaute dem gerechten Mann voller Mitleid in die nassen, roten Augen, die sich immer mehr mit Tränen füllten.

Der gerechte Mann schniefte. Er schüttelte den Kopf. „Nein. Es ist fort. Spüren Sie es denn nicht?"

Weitere Tränen tropften auf die Hand des Fremden.

„Ich spüre etwas pochen. Es ist Ihr Herz." Der Fremde lächelte den gerechten Mann an.

Wieder schüttelte dieser den Kopf. „Nein. Nicht das Herz. Es ist der Stein."

Der Fremde seufzte. „Mein Freund. Sie brauchen Ruhe. Auszeit. Ich bin da. Sie sind nicht allein."

Der gerechte Mann schluckte weitere Tränen hinunter.

„Was tun wir nun also?", wollte er wissen.

Der Fremde dachte nach. „Sie werden gesund, werden entlassen, wohnen einige Zeit bei mir und lassen Ihr geschundenes, dornenumwobenes Herz zur Ruhe kommen."

„Und dann?"

Der Fremde war verwirrt. „Wie …?"

„Was kommt dann? Nichts ist mehr wie früher und ich bin ein Mörder."

Der gerechte Mann atmete schwer.

„Nun … damit befassen wir uns demnächst. Erstmal kommen Sie wieder auf die Beine, mein Freund."

Der Fremde lächelte.

Der gerechte Mann schniefte nickend.

„Furchtbar, was gerade mit mir passiert."

Der Fremde sah ihn mitleidig an.

„Ja. Das ist es. Und wir werden gemeinsam herausfinden,

warum. Was genau dahinter steckt. Das Schlimmste ist, dass Sie nicht einmal mehr wissen, wer Sie waren, ehe Sie wurden, was Sie sind. Ist das nicht merkwürdig? Als wäre ein Dämon in Ihre Seele gehüpft. Als hätte er all Ihre Erinnerungen und all das Gute hinfort getragen."

ine schwülheiße Sommerbrise wehte durch die Büsche und brachte die Blätter auf. Dies war eine der wenigen Züge, die der Wind in diesen Tagen tat, denn die Luft waberte vor Hitze und brachte schon fast das Gras zum Brennen, welches sich bereits in Heu verwandelt hatte.

Das Haus des gerechten Mannes war seit kurzem verwaist, nur Finsternis herrschte darin. Seit der gerechte Mann dieses vor so langer Zeit von all den Büchern und noch mehr befreit hatte, schien nun das Dunkel darin zu hausen.

Die Haushälterin war wieder in ihr eigenes kleines Häuschen gezogen und konnte nun ein wenig ihr Gemüt und ihren Geist zur Ruhe kommen lassen, seit dem Tage, als der gerechte Mann so herzlich bei diesem Fremden in seinem Heim aufgenommen wurde.

Doch so sommerlich warm und hell wie es das Regiment des Sommers mit all seiner Pracht hergab, war es im Innern des gerechten Mannes nicht.

Leere, Sehnsucht und Finsternis herrschte in der Brust des gerechten Mannes. Mit verlorenen schwarzen Augen saß er da, im Wohnzimmer des Fremden, und starrte gebannt zur Wand.

Er flüsterte etwas.

Einen Namen.

Sachte betrat der Fremde sein Wohnzimmer und lauschte den leisen Worten seines neuen Freundes. Wieder dieser Name.

Von dieser Frau ...

Der Fremde trat näher an den gerechten Mann heran und setzte sich neben ihn auf die Chaiselongue. Die Haushälterin des gerechten Mannes hatte dem Fremden den Tipp gegeben, es einmal mit gutem Schokoladengebäck und einer heißen Tasse voll Schokolade zu probieren. So saß also der Fremde neben dem gerechten Mann und hielt ein Tablett voller Seelenschmeichler in Händen.

„Bruder", flüsterte der Fremde dem gerechten Mann zu, „magst du etwas zu dir nehmen? Es macht dich wieder froh."

Der gerechte Mann drehte seinen Kopf zu dem Tablett auf den Knien des Fremden. Dann drehte er seinen Kopf wieder zur Wand und flüsterte: „Wenn man kein Herz mehr hat, ist es unmöglich, jemals wieder froh zu sein. Nicht wahrhaftig."

Der Fremde schluckte. „Warum redest du so? Dein Herz ist in deiner Brust, wo sollte es denn sonst sein?"

Der gerechte Mann schien nicht zu reagieren, doch dann flüsterte er: „Es ist fortgegangen. Der Leidenskelch war einfach zu bitter."

Der Fremde sah den gerechten Mann lange ernst an. Er wusste nicht, was er davon halten sollte. Ob der gerechte Mann nun verrückt geworden war? Sollte er ihn nicht besser in eine Besserungsanstalt bringen, als weiter selber an ihm herumzudoktern?

Nein.

Der Fremde hielt sehr viel vom gerechten Mann und ebenso von seinen Lehren. Wenn er wirklich ein Anhänger und Bewunderer war, musste er dies auch beweisen, selber leben. Sonst war man kein Anhänger.

Nur Ja und Amen zu sagen machte aus einem Jünger noch lange keinen Heiligen. Werke waren wichtig. Liebe.

So stellte der Fremde das Tablett auf den kleinen Beistelltisch neben der Chaiselongue ab und atmete tief durch.

„Falls du etwas essen oder trinken möchtest", sprach dieser, „steht es genau hier. Versuch es. Es tut sehr gut. Du weißt es."

Mit diesen Worten verließ der Fremde den gerechten Mann und überließ ihn seiner Traurigkeit.

* * *

Die Tage zogen nur so vorüber und der gerechte Mann überließ sich voll und ganz seiner Trübsal.

Der Fremde sah sich dieses Trauerspiel über Wochen mit an.

Ihm brach es das Herz.

Was konnte er nur für seinen neuen Freund tun?

Eines Tages trat er dann neben den gerechten Mann in das Wohnzimmer, in welchem dieser seit dem Tag seiner Ankunft in diesem Hause auf der Chaiselongue seinen todtraurigen Gedanken nachhing. Er setzte sich behutsam neben den gerechten Mann und sah, dass sein Freund schon wieder geweint hatte. Wie betäubt saß er da und starrte mit leerem Blick an die gegenüberliegende Wand, so, wie er es bereits seit Wochen zu tun pflegte.

Als sich der Fremde zu ihm setzte, zeigte dieser keine Regung. Dem gerechten Mann war seine Umgebung und alle Menschen darin völlig egal geworden. Er war sich selber egal geworden.

Der Fremde räusperte sich.

„Wer ist diese Frau", begann er flüsternd, „dessen Namen du immerfort flüsterst?"

Er wartete ab.

Es schien, als habe ihn der gerechte Mann nicht gehört. Doch der Fremde wusste, dass er es gehört hatte. Nur die Trübsal verlangsamte jede Reaktion des gerechten Mannes und so dauerte es eine kleine Weile, bis er den Kopf zu seinem neuen Freund umwandte und diesen aus schmerzerfüllten Augen ansah.

Der Fremde erwiderte seinen Blick mit herzzerreißender Besorgnis.

Der gerechte Mann schluckte einige Tränen hinunter ehe er leise antwortete: „Sie ist die Frau, die mein Herz besaß und dessen Herz ich getötet habe."

Eine Träne kullerte über seine Wange und sein Kopf drehte sich wieder zur Wand.

Der Fremde schluckte hart. „U-und ... was ist mit ihr geschehen?"

Es war kaum mehr als ein Flüstern, leiser, als es der Fremde beabsichtigt hatte und er fürchtete fast, der gerechte Mann habe ihn nicht gehört. Er wollte soeben für eine Wiederholung der Frage ansetzen, da antwortete der gerechte Mann laut: „Ich habe sie umgebracht!"

Der Fremde erschrak. Sowohl der Lautstärke wegen als auch der Information, die darin lag.

„Wie meinst du das, du hast sie umgebracht?", fragte der Fremde. „Wie?"

Der gerechte Mann weinte bitterlich. Er schluchzte.

„Sie hatte mich so sehr geliebt. So sehr. Doch ich gab ihr nicht genug, damit ihr Herz glücklich und ausgefüllt sein konnte. Sie schrieb mir verzweifelte Briefe, die mich erst nach ihrem Tod erreichten. Ich habe sie umgebracht. Meinetwegen ist ihr Herz verdurstet. Meinetwegen besaß sie keinen Lebenswillen mehr. Meinetwegen hörte ihr Herz auf zu schlagen."

Nach diesen Worten überfielen heftige Schüttelkrämpfe den gerechten Mann und eine heiße Tränenflut brach heraus.

Der Fremde erschrak noch mehr. „Aber ... mein Freund! Beruhige dich!", rief dieser panisch und sprang auf.

Der gerechte Mann lag, sich in seelischen Schmerzen windend, am Boden und schrie.

„Lass mich sterben!", schrie er. „Lass mich einfach sterben!"

Der Fremde verfiel in Verzweiflung und hockte sich neben den gerechten Mann, um ihn zu beruhigen.

„So beruhige dich doch!", rief er. „Komm zu dir."

Doch alle Mühe war vergebens.

Der gerechte Mann fiel in sein seelisches tiefes schwarzes Loch und es schien keinen Weg heraus zu geben.

Mit Händen und Füßen versuchte der Fremde seinen Freund zu beruhigen, der wie ein Besessener am Boden strampelte, schrie und heulte.

„Bring mich um!", schrie der gerechte Mann. „Bitte! Bring mich um!"

Der Fremde schüttelte heftig den Kopf. „Niemals!"

Der gerechte Mann schrie und brüllte noch heftiger.

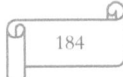

„Ich muss sterben! Ich habe kein Recht zu leben, wenn sie meinetwegen tot ist!" So brüllte der gerechte Mann.

Er schlug wild um sich und plötzlich befanden sich er und der Fremde in einem wilden und blutigen Zweikampf.

Sie rangen miteinander und lautes Gebrüll und das Umfallen einiger Möbel erfüllte den Raum.

Nach einer halben Ewigkeit war es vorbei und der gerechte Mann und der Fremde lagen blutend am Boden.

ine sternenklare kühle Nacht bedeckte die
Straßen. Eine schwarze Decke aus Sternen hüllte Häuser,
Bäume, Straßen in friedlichen Schlaf ein.
Still und friedlich lag die Erde da. Nichts wies darauf hin, dass
es irgendwo in diesem Augenblick auf der Welt Hungersnöte
gab, Folter, Kriege, Hass.
Als wäre für einige Stunden das Spiel unterbrochen worden für
ein Quäntchen Schlaf, wie es spielende Kinder tun: Ruft die
Mutter zum Essen, so legen die Kinder ihr Spiel beiseite, sind
in dieser Pause wieder einander gut wie Freunde, um
hinterher mit ihrem Spiel fortzufahren, bis das Bettchen zur
Nachtruhe ruft, um erneut das Spiel zu unterbrechen und so
zu tun, als wäre während des Spiels nichts geschehen.
Als wäre alles nur ein Spiel.
Als könne die Welt jederzeit das Böse ablegen und wieder
aufnehmen, den Krieg aufnehmen und wieder beiseitelegen,
die Hungersnot, den Tod, ganz wie es ihr beliebt.
Als wäre die Welt ein riesiger Spielplatz ... und als würde jeder
Mensch bloß spielen und nichts davon wäre ernst gemeint ...

als wären Kriege oder der Tod ein Spiel.

So schritt das gerechte Herz des Nachts durch die dunklen Straßen und Gassen, weiterhin bemüht, endlich nach Hause zu finden.
Plötzlich bewegte sich einige Meter entfernt vor ihm etwas.
Oder jemand?
Es war zu dunkel, um etwas erkennen zu können.
Das gerechte Herz schritt mutig näher.
Erst als es unter einer Straßenlaterne stehenblieb, erkannte es, dass es – ebenfalls unter einer Leuchte stehend – ein anderes Herz war. Jedoch von einer Farbe, die das gerechte Herz noch nie zuvor gesehen hatte. Es war dunkelbraun. Wie Schokolade! Wie jene, die sein Herr so gerne trank und die seinen Geist belebte!
Das gerechte Herz war überrascht.
Was war dies für ein Herz?
Von weitem hörte es laute Rufe. Sie klangen nicht besonders nett und diabolisches Lachen folgte.
„Sowas wie du gehört umgebracht! Aber freu dich, Negerlein – heute passiert dir nichts!"
Erneutes diabolisches Lachen folgte.
Dann verblassten die Stimmen und zurück blieb leises

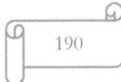

Wimmern und Schluchzen.

Sofort überfiel Mitleid das gerechte Herz und es trat näher an die dunkle Gestalt heran, die unter der Straßenleuchte auf dem Boden kauerte.

Das gerechte Herz setzte sich neben dieses.

Mit schmerzverzerrtem Gesicht besah sich das gerechte Herz das dunkelbraune traurige und weinende Herzchen und legte ihm sanft eine Hand auf den Schopf.

Das Herzchen erschrak fürchterlich.

Schock stand ihm wahrlich ins Gesicht geschrieben.

Das gerechte Herz lächelte milde. „Friede sei mit dir, mein Sohn. Du hast nichts zu befürchten. Ich tue dir nichts."

Mit sanfter warmer ruhiger Stimme sprach es zu dem verängstigten Herzchen am Boden.

Dieses sah das gerechte Herz misstrauisch an. „Was willst du von mir?"

Das gerechte Herz lächelte weiter milde. „Dir helfen."

Das Herzchen schien überrascht. „Helfen? Mir? Warum?"

Das gerechte Herz war nun ebenfalls überrascht. „Warum denn nicht? Man scheint böse zu dir zu sein. Erzähle mir warum." Freundlich und aufheiternd lächelte es das Herzchen an.

„Ich bin ein Neger. Daher ist man böse zu mir."

„Ein Neger?"

Das gerechte Herz wusste nicht recht, was es von diesem Wort halten sollte.

Es kannte dies nicht.

Das Herzchen nickte. „Ja. So nennt man mich und meinesgleichen. Wir haben die falsche Farbe."

„Die falsche Farbe?"

Das gerechte Herz konnte sich keinen Reim darauf machen, dass es sowas wie eine falsche Hautfarbe gab. Wer bestimmte sowas?

Das Herzchen sah traurig drein. Es nickte.

Auf einmal kehrten die bösen Stimmen zurück. Das Herzchen erschrak.

„Hilfe", flehte es das gerechte Herz an.

Dieses sah das arme Herzchen entschlossen und stark an. „Ich bin bei dir", so sprach es.

Schließlich standen drei tiefschwarze Herzen vor dem Herzchen und dem gerechten Herzen und sahen sie gehässig an.

„Aha, sieh an, das Negerlein hat einen Verbündeten gefunden!"

Dummes Lachen folgte.

„Sag mal, du, ist dir klar, dass du als Reiner nicht mit Unreinen verkehren solltest? Mit Dreck?"

Noch dümmeres Lachen folgte.

Das gerechte Herz sah die drei bösen Herzen mitleidig an.

„Ihr redet den Leuten ein, dass ihr gerecht seid; aber Gott kennt euer Herz. Denn was die Menschen für großartig halten, das ist in den Augen Gottes ein Gräuel. Und ebenso, was die Menschen für schlecht halten, das ist in den Augen Gottes großartig", sprach das gerechte Herz ruhig.

Die bösen Herzen verstummten. Verwirrt sahen sie das gerechte Herz an.

„Ein guter Mensch bringt Gutes hervor, weil in seinem Herzen Gutes ist; und ein böser Mensch bringt Böses hervor, weil in seinem Herzen Böses ist. Wovon das Herz voll ist, davon spricht der Mund", sprach das gerechte Herz weiter und das Herzchen an seiner Seite sah dieses voller Erstaunen und Bewunderung für seine Worte an.

Das gerechte Herz jedoch sah gefasst und dennoch sanft den bösen Herzen entgegen.

„Ihr haltet zwar Teller und Becher außen sauber, innen aber seid ihr voll Raubgier und Bosheit. Ihr Unverständigen! Hat nicht der, der das Äußere schuf, nicht auch das Innere geschaffen? Ihr gebt zwar den Zehnten von Minze, Gewürzkraut und allem Gemüse, die Gerechtigkeit aber und

die Liebe zu Gott vergesst ihr. Man muss das eine tun, ohne das andere zu unterlassen. Ihr seid wie Gräber, die man nicht mehr sieht; die Leute gehen darüber, ohne es zu merken. Ihr ladet den Menschen Lasten auf, die sie kaum tragen können, selber aber rührt ihr keinen Finger dafür.

Was Gott für rein erklärt hat, nenne du nicht unrein! Mir hat Gott gezeigt, dass man keinen Menschen unheilig oder unrein nennen darf."

Das gerechte Herz sah die bösen Herzen ohne jeden Ausdruck an.

Diese starrten mit Verwirrtheit und Argwohn zurück.

Es herrschte Stille zwischen allen.

Das Herzchen sah schwer atmend zu, was wohl nun kommen würde.

Dann räusperte sich eines der bösen Herzen und sagte mit unterschwelliger Belustigung: „Du willst also sagen, dass alle heilig und rein sind und dieses Negerlein dort wie wir alle sind? Ist das richtig?"

Er trat herausfordernd näher an das gerechte Herz. Dieses nickte.

„Ja. So ist es. *Gott sieht nicht auf die Person, sondern ihm ist in jedem Volk willkommen, wer ihn fürchtet und tut, was recht ist."*

Das böse Herz genau vor ihm sah das gerechte Herz schmunzelnd an. „Soso."

Es musterte das gerechte Herz von oben bis unten, doch dieses sprach unbeirrt weiter: *„Ihr wisst, dass die, die als Herrscher gelten, ihre Völker unterdrücken und die Mächtigen ihre Macht über die Menschen missbrauchen. Bei euch aber soll es nicht so sein, sondern wer bei euch groß sein will, der soll euer Diener sein, und wer bei euch der Erste sein will, soll der Sklave aller sein. Denn jeder wird mit Feuer gesalzen werden. Das Salz ist etwas Gutes. Wenn das Salz die Kraft zum Salzen verliert, womit wollt ihr ihm seine Würze wiedergeben? Habt Salz in euch und haltet Frieden untereinander!"*

Die bösen Herzen sahen einander an. Was genau sie dachten, war nur schwer zu sagen, denn nun lag keinerlei Ausdruck auf ihren Antlitzen.

„Schöne Worte", sprach eines der Herzen schließlich. „Nur leider eben nur das! Du bist ein Verräter, der sich mit allem Abschaum der Welt vereint und abgibt! Hast du denn gar keine Ehre? Verdammter Blutsverräter!" Das böse Herz zischte es. „Wir sind hier diejenigen, die alles sauber halten und auf Anstand achten. Solche Neger solltest du beschimpfen, nicht uns!"

Das gerechte Herz lachte leise. „Ich beschimpfe niemanden."

Und dann sprach es weiter: *„Nicht die Gesunden brauchen den Arzt, sondern die Kranken."*

Das böse Herz grollte aus den Tiefen seines Leibes.

„Eine Farbe ist eine Farbe", führte das gerechte Herz weiter aus. „Eine Form ist eine Form. Eine Größe ist eine Größe. Das alleine vermag noch keinen Charakter zu formen, eine Wesensart. Was kann man über deine Wesensart sagen? Deine Farbe, Form, Größe scheint allgemein und gesellschaftlich gesprochen perfekt, rein. Doch wie steht es um dein Inneres? Bist du schon soweit, auch im Innern perfekt zu sein? Oder bleibt es nur bei deinem Äußeren? Oberflächliches lässt sich leicht finden und verzückt. Aber Gold, das muss man herausgraben und besitzt viel mehr Wert. Doch was ist, wenn man bei dir gräbt? Wird man da Gold vorfinden? Oder bloß Pech?"

asst ab", sagte das gerechte Herz, „es wird euer Leben nicht besser machen."

Eindringlich sah es die bösen Herzen an, die nun mit eisigen Blicken zurückstarrten.

„Nun gut", sagte eines der Herzen, „fürs Erste. Aber das wird noch Folgen haben, das schwör ich dir. Bekehrt hast du uns mit deinem Geschwafel auf jeden Fall nicht. Denn wir führen weiter aus, woran *wir* glauben."

Damit drehten sich die drei schwarzen Herzen um und verschwanden im Dunkel der Nacht.

Das gerechte Herz lächelte gequält.

Es hatte Mitleid mit ihnen und war gleichsam traurig wegen ihrer Verstocktheit.

Das Herzchen blickte das gerechte Herz dankbar an. „Ich danke dir, mein Freund, dass du an meiner Seite warst. Dass du sie ohne Gewalt vertrieben hast."

Seine Äuglein glühten vor Freude darüber.

Das gerechte Herz lächelte milde zurück und öffnete seine

Arme. Das Herzchen und das gerechte Herz lagen sich nun wie Brüder in den Armen und strahlten im Guten für die Welt wie ein Licht in der bösen Finsternis.

Dann ließ das Herzchen ab und fragte lächelnd: „Woher kommst du? Wo ist dein Zuhause?"

Das gerechte Herz sah nun traurig drein. „Ich kann es leider nicht sagen, denn ich kenne den Namen des Ortes nicht. Keiner konnte mich bisher nach Hause bringen. Ich glaube, ich bin auf ewig verloren. Mein Herr bleibt weiter herzlos und stirbt in Schande." Geknickt stand es da und das Herzchen sah das gerechte Herz voller Sorge an.

„Bruder, mein Herr liegt noch auf seinem Lager. Des Morgens jedoch bricht er auf in einen anderen Ort für seine Handelsgeschäfte. Komme doch dann mit uns und sieh, ob dies der Ort deiner Heimat ist", sprach dieses und sah das gerechte Herz hoffnungsvoll an.

Dessen Gesicht hellte sich sogleich auf. „Aber ... wo soll ich solange schlafen?"

Das Herzchen lachte. „Na, bei mir und meinem Herrn. Komm, ich bringe dich hin."

So gingen das gerechte Herz und das Herzchen Hand in Hand zu seinem Zuhause im Dunkel der Nacht.

Der Mond stand hoch am Himmel und bewachte alle

Menschenkinder, die unter der dunklen Decke des Nachthimmels schliefen und durch die Tore der Träume in andere Welten trieben, damit all jene Reisende heil und unversehrt des Morgens, wenn die Sonne den Mond in seiner Wache ablöste, zurückkehren konnten.

Schon bald erreichten sie das Zuhause des Herzchens und seines Herrn, der in seinem Bette schlief und freudig schlummerte.

Das gerechte Herz besah sich den Herrn des Herzchens und lächelte. So sanft schlief dieser Mensch, ruhig ging sein Atem und wahrer Friede lag auf seinem Antlitz.

Wie viel Pein hatte dieser Mensch schon ausstehen müssen, da alle anderen Menschen zu glauben pflegten, dass Dunkel eine falsche Hautfarbe war?

Wie hoch gefüllt war sein Leidenskelch?

Und wie bitter schmeckte dieser?

Das gerechte Herz schluckte, als es durch das spärliche Mondlicht, das durch das Zimmerfenster schien, ein paar tiefe Narben auf dem Gesicht dieses Mannes erkannte. Er wurde sehr oft geschlagen.

Sein Leib. Sein Herz. Und dennoch blieb das Herzchen in der Brust seines Herrn, treu ergeben, hoffnungsvoll.

Ein Stich durchfuhr das gerechte Herz. Es fühlte sich so

schuldig. So feige.

Welches Recht hatte das gerechte Herz, je zu glauben, dass es kein Leid verdient hätte und fortziehen müsste, um dem zu entfliehen?

Welches Recht hatten andere? Hatten sie etwa die Möglichkeit zu fliehen? Den Leidenskelch nicht zu trinken?

Wer hatte denn schon das Recht, sich ein sorgenfreieres Leben zu wünschen, wenn es Menschen gab, denen es so viel schlimmer erging, als einem selber?

Keiner kann je entfliehen. Keiner.

Das gerechte Herz schluckte. Seine Augen füllten sich mit Tränen.

Das gerechte Herz hatte ungerecht gehandelt.

* * *

„Steh auf, Bruder! Wir müssen los!"

Das Herzchen rüttelte am gerechten Herzen, um es wachzubekommen.

Nur mühsam bekam dieses seine Augen auf und musste sich zunächst orientieren.

Als die Erinnerung zurückkam, schoss das gerechte Herz hoch und starrte das Herzchen erwartungsvoll und grinsend an. „Na

gut, wir wollen keine Zeit verlieren."

Sogleich sprangen sie dem Herrn des Herzchens hinterher auf seinen Wagen und das gerechte Herz besah sich nun diesen Menschen genauer. Er war von Leid gezeichnet, keine Frage. Zu gern hätte er diesem armen Menschen geholfen. Zu gern sein Leiden beendet. Zu gern die Herzen der Menschen dieser Erde verändert, damit kleingeistiges Denken sich keinen Weg mehr bahnen konnte.

Dann sah das gerechte Herz, dass dieser Mensch lächelte und hin und wieder fröhlich vor sich hin pfiff.

Das gerechte Herz bekam große Augen. Dieser Menschen gab es wenige. Trotz Leiden, Schläge, Beleidigungen oder gar Todesdrohungen – sein Glauben, seine Liebe, seine Hoffnung war der Quell der Stärke für ihn.

Und das wiederum erzeugte wieder Stärke, um noch mehr Stärke zu erhalten.

Ehrfurchtsvoll beobachtete es den Herrn des Herzchens. Und dann das Herzchen selbst. Dieses lächelte ebenso freudig vor sich hin, als würde es heute einen Heidenspaß erleben. Wo doch nur das Böse auf sein Verderben wartete ...

Die Fahrt führte über matschige Feldwege, über holprige Pflastersteine, über rumpelige Steinwege.

Es schien eine Ewigkeit zu dauern und das gerechte Herz hatte große Angst, dass es nur wieder in einer fremden Stadt landen würde, wo es wieder sehen musste, wie es heim kommt.

„Sag mal, mein Bruder", setzte das gerechte Herz an, „wie lange meinst du, brauchen wir noch?"

Das Herzchen lächelte. „Ich denke, es wird jetzt nicht mehr weit sein. Wir sind schon viel gefahren und weit gekommen. Und bisher haben wir noch Glück gehabt, dass keine Räuber oder andere schlimme Leute unseren Wagen überfallen haben. Man sieht es allgemein nicht gern, wenn ein Schwarzer einen Wagen lenkt und als Handelstreibender umherfährt. Die allgemeine Meinung über unsereins ist, dass wir entweder nur als Sklaven und Diener nützen oder gleich ganz tot."

Das Herzchen blickte traurig.

Das gerechte Herz seufzte mitleidsvoll.

„Fürchtet euch nicht vor denen, die den Leib töten, euch aber sonst nichts tun können. Fürchtet euch vor dem, der nicht nur töten kann, sondern die Macht hat, euch auch noch in die Hölle zu werfen."

Es lächelte das Herzchen aufmunternd an.

„Es gibt keine falsche Hautfarbe, es gibt nur falsches Denken", fuhr es fort.

Dieses lächelte zurück. „Du bist ein liebes Herz, Bruder. Du bist so lieb zu mir, das erfahre ich nur sehr selten. Und du bist so weise."

Das gerechte Herz lächelte liebevoll. „Das habe ich von meinem Herrn. Ihm ist die Hülle egal, wichtig ist der Kern. Bei ihm geht es immer nur um den Kern. Alles andere ist ihm gleichgültig."

Das Herzchen bekam große Augen. „Wer ist dein Herr, Bruder?"

Das gerechte Herz erzählte dem Herzchen von seinem berühmten Herrn, wie er lebte, wie er war. Nur Gutes konnte er von ihm berichten.

Schließlich sah das Herzchen das gerechte Herz geschockt an. „Was hast du, mein Bruder?", wollte das gerechte Herz voller Sorge wissen.

Das Herzchen schluckte. „Dieser Mann, von dem du sprichst, ist überall im Lande bekannt. Er war es, wie du sicher weißt, schon vorher, aufgrund seiner Güte und Barmherzigkeit. Doch ebenso machte die Geschichte seiner neuen Kälte und Herzlosigkeit die Runde. Ich ahnte schon, dass du sein verschwundenes Herz bist, war mir aber nicht sicher", begann das Herzchen. „Deinem Herrn wird allgemein zur Last gelegt, dass er einen Mord begangen hat."

Das gerechte Herz starrte steif das Herzchen an. Es verstand nicht, was es da sagte.

„Und dieser Jemand, den er ermordet hatte, war der Bruder meines Herrn."

Das gerechte Herz war jeder Regung unfähig.

„Nein!", hauchte es fassungslos. „Oh nein!"

„Oh doch", entgegnete das Herzchen. Es war tief besorgt.

„Mein Herr weiß um deinen Herrn als Mörder seines Bruders. Er wurde noch nicht festgenommen, da noch keine Beweise dafür gefunden wurden, dass er es wirklich getan hatte und auch deswegen, weil er untergetaucht ist. Aber wenn mein Herr deinen Herrn antrifft ... ich weiß nicht, was er dann tut."

Das Herzchen sah das gerechte Herz panisch an.

„Vielleicht wird er dann, nach Eintreffen in deinem Ort, nach deinem Herrn suchen! Finde du ihn am Besten zuerst", sprach das Herzchen, „damit er die Möglichkeit hat, mit dem Herzen zu handeln."

o lagen die beiden da, der gerechte Mann und der Fremde; atemlos, keuchend, blutend, erschöpft.

Der Fremde rappelte sich langsam auf. Er stellte sich über den gerechten Mann, hielt ihm eine Hand hinunter und sagte: „Gut gekämpft, Bruder. Aber nun – Frieden!"

Atemlos sah er den gerechten Mann an und wartete auf eine Reaktion. Dieser sah den Fremden ausdruckslos an und ergriff zaghaft dessen Hand, woraufhin dieser den gerechten Mann mit einem Ruck wieder auf die Beine half.

„Du meinst es also wirklich ernst", begann der gerechte Mann und der Fremde sah ihn verwirrt an, „bezüglich dessen, mir wieder auf die Beine zu helfen."

Der gerechte Mann zwinkerte grinsend.

Der Fremde verstand und fing an laut zu lachen. „Ja!", rief er. „Ja, ganz richtig!"

Nun lachte auch der gerechte Mann und beide lagen sich plötzlich in den Armen. Dann löste sich der gerechte Mann aus der Umarmung, sah den Fremden genau an und sagte: „Du siehst echt übel aus, Freund!"

Er grinste.

Der Fremde lachte. „Oh, besten Dank."

Damit wischte er sich sein Blut aus dem Gesicht, während der gerechte Mann es ihm gleichtat und sich ebenfalls sein Blut wegwischte.

„Was glaubst du: Sollen wir uns ab sofort wieder wie erwachsene, zivilisierte Menschen benehmen, so langweilig es auch klingen mag?"

Der Fremde grinste den gerechten Mann an.

Dieser lachte. „Wenn es sein muss."

Der Fremde lachte nun auch. „Oh ja, das muss sein. Dringlichst!"

Damit ging er zum Beistelltisch der Chaiselongue, der umgestoßen wurde, stellte ihn wieder an Ort und Stelle und sagte: „Ein Glück, dass ich heute keine heiße Schokolade mithineingebracht habe! Das hätte ja eine furchtbare Sauerei gegeben!" Er lachte. Er sah zum gerechten Mann, der nicht lachte und geistesabwesend zurückstarrte.

„Heiße Schokolade?", fragte dieser.

Der Fremde nickte. „Möchtest du welche?"

„Unbedingt!"

* * *

„Ich bin zu Hause!", sagte das gerechte Herz. „Ich bin wahrlich wieder zu Hause!"

Ein Strahlen durchzog sein Antlitz und das Herzchen sah es ebenso fröhlich an. „Das freut mich wirklich sehr für dich. Aber, Bruder, vergiss nicht: Versuche, deinen Herrn so schnell wie möglich zu finden, hörst du?"

Eindringlich sah es das gerechte Herz an, das nun ernst nickte.

„Finde heraus, wo genau er untergetaucht ist. Hüpfe sodann schnell in seine Brust", sprach das Herzchen.

„Ich versuche mein Bestes", sagte das gerechte Herz. „Ich danke dir für alles, mein Freund."

Das Herzchen lächelte. „Nein. ICH muss DIR danken. DU warst MEINE Hilfe."

Beide sahen sich lächelnd an. „Alles Gute."

Das gerechte Herz nickte und flüsterte ein „Danke", ehe es davonlief. Zunächst lief es zurück zu seinem alten Haus, wo es lebte. Doch alles war verwaist. Wo sollte es nur suchen?

Wo konnte er hin sein?

Verzweifelt sah es umher.

Es war inzwischen Mittag, die Sonne strahlte hell vom Himmel hinab.

Auf einmal erkannte das gerechte Herz von weitem die

Haushälterin, die sich mit jemandem unterhielt. Einer älteren Dame.

Das gerechte Herz trat auf sie zu.

„Nein, er lebt seit Wochen nicht mehr dort, meine Gute", sprach die Haushälterin.

„Wo ist er denn plötzlich hin? Man sieht ihn ja gar nicht mehr! Was ist denn geschehen?", wollte die ältere Dame neugierig wissen.

Die Haushälterin sah etwas hilfesuchend drein. „Ach, nichts Besonderes. Es geht ihm nicht so gut, ein Fremder hat sich seiner angenommen. Er wohnt jetzt bei ihm."

Die ältere Dame nickte. „Ah ja. Wer ist denn dieser Fremde? Vielleicht kenne ich ihn ja."

Die Haushälterin dachte nach. „Nein, ich glaube nicht. Ich kannte ihn bislang auch nicht. Sie kennen sich erst seit einigen wenigen Monaten. Seit dem Tag, als er ins Krankenhaus kam. Da besuchte ihn dieser Mann."

Krankenhaus?, dachte sich das gerechte Herz besorgt und entsetzt zugleich. Es wollte mehr erfahren.

Doch dann verabschiedeten sich die beiden Damen voneinander und das gerechte Herz hüpfte rasch der Haushälterin hinterher.

Es ging durch mehrere enge dunkle Gässchen und weiter weg

vom Haus des gerechten Mannes. Auf einmal erkannte das gerechte Herz ein kleines Häuschen, auf welches die Haushälterin geradewegs zusteuerte und vor welchem sie schließlich Halt machte.

Sie klopfte.

Kurz darauf öffnete ein wild zerzauster Mann mit blutigen Schrammen im Gesicht die Türe und die Haushälterin erschrak.

„Was ist denn nur geschehen?"

Entsetzt hielt sie sich die Hand vor den Mund.

Der Fremde lächelte. „Ach, nicht so schlimm. Wir hatten einen kleinen Kampf geführt. Es geht schon."

Die Haushälterin sah verdutzt drein. „Einen kleinen Kampf?"

Der Fremde nickte. „Ja. Aber dank Ihres Tipps bezüglich der heißen Schokolade geht es ihm etwas besser."

Das gerechte Herz horchte auf. - Heiße Schokolade?

Sofort stürmte es mitten ins Haus hinein und spürte ein starkes Ziehen. Zeitgleich schrie jemand in einem Zimmer laut auf.

Mein Herr!, dachte das gerechte Herz. Das ist mein Herr!

Eilig hopste es in das kleine Wohnzimmer und entdeckte dort den gerechten Mann, ebenfalls wild zerzaust und mit blutigen Schrammen dasitzend und eine heiße Tasse voll guter

Schokolade trinkend.

Wieder ein Ziehen.

Der gerechte Mann keuchte, hielt sich die Brust.

Das gerechte Herz keuchte ebenfalls vor Schmerzen. Rasch
war es bei der Brust seines Herrn und es wollte gerade
hineinhüpfen, da erkannte es entsetzt einen Stein an der
Stelle, an welcher das gerechte Herz hätte sitzen müssen.

Was sollte es nun tun?

War es schon zu spät?

Verzweifelt sah das gerechte Herz auf den Stein, der in der
Brust seines Herrn pochte und wie dieser vor Schmerz das
Gesicht verzog. Wie sollte sein Herz ihm nun helfen?

Das gerechte Herz erschrak, als es draußen einen Mann laut
brüllen hörte: Der Herr des Herzchens! Er war hier! War er
ebenfalls der Haushälterin gefolgt?

Panisch sah sich das gerechte Herz um.

Wie sollte dieses es nun schaffen, rechtzeitig in die Brust
seines Herrn zurückzugelangen?

Dann hüpfte auf einmal das Herzchen ins Zimmer. Es sah, dass
das gerechte Herz zögerte. „Worauf wartest du noch?"

Verzweifelt sah es das gerechte Herz an.

Dieses weinte nun bitterlich.

„Ich bin zu spät! Es ist ihm bereits ein Herz aus Stein

gewachsen!"

Heiße Tränen rannen von seinem Gesicht hinab und es schluchzte heftig.

Sofort war das Herzchen bei ihm und sah den Stein in der Brust des gerechten Mannes.

„Vielleicht können wir es gemeinsam herausziehen, Bruder", sprach das Herzchen. „Aber es wird deinem Herrn höllisch weh tun. Es ist bereits stark mit seinem Fleisch verwachsen." Erwartungsvoll sah es das gerechte Herz an. Es nickte. „Also gut."

Sofort griffen beide Herzen in die Brust des gerechten Mannes hinein und umfassten mit ihren Händen den Stein. Sie zogen heftig daran und der gerechte Mann schrie. Vor Schmerz ließ er die Tasse Kakao fallen, die laut klirrend am Boden zersprang.

Augenblicklich kamen die Haushälterin und der Fremde zur Türe hereingestürzt, hinter ihnen der Herr des Herzchens.

„Mein Freund, was hast du?", rief der Fremde panisch. „Ist es dein Herz?"

Alle schienen voll Panik.

Das gerechte Herz und das Herzchen zogen weiter aus Leibeskräften an dem Stein, der sich nur mit Mühe bewegen ließ. Das gerechte Herz spürte, wie es sich langsam aus dem

Fleisch des gerechten Mannes losriss und es überkam ihm schwere Übelkeit.

Dieser schmerzvolle Akt tat dem gerechten Herzen furchtbar weh.

Es war heimgekehrt, um wieder alles gut zu machen und stattdessen musste es erneut seinem über alles geliebten Herrn schlimme Schmerzen zufügen ...

as ist mir dir? Bitte sage doch was! Soll ich nach dem Doktor schicken, dich ins Hospital bringen?"

Der Fremde war außer sich vor Panik.

Die Haushälterin hielt sich geschockt die Hand vor den Mund.

Der Herr des Herzchens sah das Schauspiel ebenfalls schockiert und leichenblass mit an.

Der gerechte Mann war knallrot, Angstschweiß zeichnete sich an seinem Kopf und Gesicht ab, seine Schmerzensschreie waren für alle Beteiligten kaum auszuhalten.

„Gleich haben wir es geschafft!", sagte das Herzchen hoffnungsvoll und zog weiter an dem festgewachsenen Stein.

Das gerechte Herz bekam bei diesen Todesschreien seines Herrn das kalte Grausen. Dieses Leiden tat ihm selber furchtbar weh, als würde es sich selbst in zwei Stücke zerreißen.

Auf einmal dann hielten das gerechte Herz und das Herzchen den Stein in Händen, der noch Teile des Fleisches und Blutes des gerechten Mannes an sich kleben hatte.

In jenem Moment, in dem der Stein aus der Brust des gerechten Mannes gezogen wurde, gab es diesem einen gewaltigen Ruck und er hatte keine Schmerzen mehr. Ohne jede Regung saß er nun still auf der Chaiselongue und starrte geradeaus.

Alle starrten ihn an und warteten ab.

Stille.

„Was hat er nur?", jammerte die Haushälterin leise. Kleine Tränen rollten ihr über das Gesicht und sie schniefte.

Der Fremde trat näher an den gerechten Mann heran. Seine Augen waren vor Panik weit aufgerissen. „Mein Bruder", flüsterte dieser, „was geschieht mit dir? Wie kann ich dir helfen?"

Das gerechte Herz gab dem Herzchen den Stein in die Hand und mit einem Sprung saß es wieder in der Brust des gerechten Mannes, seines Herrn.

Im selben Moment atmete der gerechte Mann schwer, hielt sich die Brust und stöhnte.

Erneut bekamen alle um ihn herum Panik.

Dann atmete der gerechte Mann tief durch. Es war vollbracht.

Heiße Tränen liefen ihm nun über das Gesicht. „Es ist wieder da", flüsterte er kaum hörbar. „Gott sei Dank."

Der Fremde sah seinen Freund verzweifelt an. „Was ist mit dir, Bruder?"

Nun trat der Herr des Herzchens vor. „Sowas nennt sich dann

wohl Gerechtigkeit, wie?" Mit kühler Miene stand er nun mitten im Raum.

Der Fremde richtete sich vor ihm auf. „Verzeihung, was meinen Sie bitte?"

Der gerechte Mann stand von der Chaiselongue auf, richtete sich seine Kleidung und das Haar und wandte sich zu dem Mann um. Sein Antlitz verriet Sanftmut und Schmerz.

Der Mann jedoch funkelte den gerechten Mann böse an.

„Sie!", begann er laut. „Sie haben meinen Bruder getötet! Ich weiß es! Sie waren das!"

Der Fremde sah den gerechten Mann besorgt an. Er wusste, was jetzt kam. Was mit seinem neuen Freund geschehen würde.

Der gerechte Mann erwiderte den hasserfüllten Blick des Mannes mit schmerzerfüllter Miene. Er nickte. „Das bin ich wohl."

Er senkte sein Haupt.

Der Mann war verdutzt. „Sie leugnen es nicht?" Mit großen Augen starrte er den gerechten Mann an.

Dieser richtete seinen Blick wieder auf den Mann. „Ich weiß was ich tat. Und ich weiß, dass ich schuldig bin. Vor Gott und den Menschen."

Der Mann schien für einige Sekunden aus der Fassung, fing

sich aber sogleich wieder.

Sein hasserfüllter Blick kehrte zurück. „Ja. Das sind Sie verdammt nochmal! Schuldig!"

Der Fremde ging dazwischen. „Bitte!", flehte er. „Bitte! Er wusste nicht, was er da tat. Er war nicht er selber, er war völlig fertig. Außerdem ist er nicht der richtige Täter, nur der Mittäter! Der richtige Mörder ist jemand anderes!"

Sein Blick war flehend.

Doch der Mann schnaubte nur verächtlich. „Und das soll mich jetzt rühren? Mein Bruder ist tot! Tot! Kapiert?"

Der Fremde schluckte.

Der gerechte Mann senkte die Lider. Seine Tat ging ihm selber sehr nahe. Hinzu kamen die plötzlichen Erlebnisse und Erinnerungen von der Reise seines Herzens. Alles schlug nun hart auf ihn ein. Aber sein Herz hatte dazugelernt und schlug nun gefasst und stark in seiner Brust.

Das gerechte Herz lächelte das Herzchen milde an, das zurücklächelte.

Dieses sprang nun auch rasch zurück in die Brust seines Herrn und dieser keuchte plötzlich.

„Bitte", flehte das gerechte Herz zum Herzchen, „du weißt, was geschehen ist und warum. Ich bin schuldig, nicht mein Herr! Lass deinen Herrn in Liebe handeln."

Flehend sah das gerechte Herz das Herzchen an.

Das Herzchen nickte ernst. „Ich geb mein Bestes."

Der gerechte Mann wagte nicht, den Bruder seines Opfers anzusehen und hielt weiter sein Haupt und seine Lider gesenkt.

„Sehen Sie mich gefälligst an, wenn ich mit Ihnen rede!", brüllte der Mann.

Dem gerechten Mann lief eine Träne über die Wange und landete auf seinem Schuh. „Ich kann nicht", flüsterte er. „Ich wage es nicht Sie anzusehen."

Der Mann starrte den gerechten Mann fassungslos an. Wie erstarrt stand er da. „Nichts was Sie tun oder sagen wird ihn je wieder zurückbringen!", sagte der Mann mit Tränen in den Augen.

„Das stimmt", schniefte der gerechte Mann. „Aber ich kann und werde die Strafe dafür tragen und so Sühne leisten für Ihren Bruder. Ich würde mich bis zum Ende meines Lebens drei Mal täglich geißeln lassen, wenn es Ihnen dann besser erginge."

Der Mann starrte den gerechten Mann verzweifelt an.

„Haben Sie ihn ermordet, weil er ein Schwarzer war? Hm?", wutentbrannt sah er ihn an. Der gerechte Mann schüttelte den Kopf. „Nein. Es wird niemals Gründe für einen Mord geben.

Mein Grund rührte von woanders her. Nur aus reiner Herzlosigkeit heraus."

Weitere Tränen füllten die Augen des Mannes.

„Bitte", flehte wieder das gerechte Herz und sah das Herzchen schmerzerfüllt an. „Oh bitte."

Dieses blickte verzweifelt zurück.

Plötzlich brach der Mann unter Tränen zusammen und weinte bitterlich.

Er leerte sein Herz, das noch voller Trauer und Kummer war, inmitten des Zimmers neben der Haushälterin, des Fremden und des gerechten Mannes aus und schluchzte heftig.

Der gerechte Mann trat langsam näher und hockte sich neben diesen auf den Boden. Ihm brach es das Herz. Voller Mitgefühl und Liebe sah er den Mann an, dessen Leiden er verschuldet hatte.

„Ich sage dir nun etwas, mein Bruder", begann der gerechte Mann, „ich stelle mich meiner Tat, denn ich bereue zutiefst. Ich ekle mich vor mir selber. Ich leiste ab alle Schuld. Komme ich jemals wieder aus dem Gefängnis heraus, so möchte ich dein Diener sein. Mein restliches Leben werde ich dir beistehen, dir in allem helfen, dir dienen. All mein Geld gehört dann dir und wird dir in deinem Leben weiterhelfen, denn ich erkenne, dass du arm bist und von der Welt bereits verurteilt."

Gefasst sah er dem Mann entgegen und wartete auf seine Reaktion.

Dieser schluchzte. Und nickte zaghaft.

„Und ich werde dein Sklave sein, dein Knecht. Du wirst über mich herrschen und du darfst mich mein restliches Leben so oft geißeln wie es dir beliebt. So oft wie du glaubst, dass es den Tod deines Bruders absühnt."

Mit wässrigen Augen sprach der gerechte Mann und lächelte sanft.

„Und meinetwegen kannst du mich auch noch auf meinem Totenbett geißeln, denn es wird niemals vollends abgesühnt werden, wenn einem ein geliebter Mensch von fremder Hand genommen wird", sprach dieser weiter und brach nun in heftiges Schluchzen aus. Eine Tränenlawine brach aus ihm heraus und all sein Bedauern seiner Tat wegen wurde offenbar.

Der Mann starrte ihn nun ausdruckslos an. Mit solchen Worten und solch einer tief empfundenen Reue hatte er nicht gerechnet.

„Ich kenne Sie", sprach da der Mann. „Sie sind bekannt für Ihre Güte und Barmherzigkeit. Warum also haben Sie gemordet?"

Der gerechte Mann schniefte. „Es ist fast unmöglich es zu

erklären und egal welche Worte ich gebrauche, es wird niemals nachvollziehbar sein. Aber ... ich kam mir vor, als wäre mir mein Herz verloren gegangen. Als wäre ich jemand anderes. Ich war nicht bei Bewusstsein, ich wusste nicht, was ich tat."

Er senkte sein Haupt und schluchzte wieder.

„Ihr Bruder war zufällig da. Er war nicht ausgesucht. Es war nicht seine Hautfarbe. Es lag nicht an ihm. Es war ich allein. Ich war falsch, nicht er. Er war zu seinem übergroßen Pech zur falschen Zeit am falschen Ort. Und ich ebenso. Aber selbst wenn ich nicht dort gewesen wäre, wäre Ihr Bruder dennoch gestorben, denn sein wahrer Mörder wäre ohnehin dort gewesen um ihn zu ermorden."

Nun brach er in lautes Wehklagen aus und seine Schmerzensschreie erfüllten das Wohnzimmer des Fremden.

„Und warum tat er dies?", wollte der Mann wissen.

„Er meinte, er wolle die Stadt von solchen Menschen befreien, die nur herumlungern und auf Bänken lebten."

Der Mann sah den gerechten Mann ernst an. Einige Tränen rollten über sein Gesicht.

Der gerechte Mann schluchzte.

„Es tut mir so leid ... so unendlich und unbeschreibbar leid ..."

* * *

So trug es sich zu, dass der gerechte Mann aufgrund seiner
Vergehen ins Gefängnis kam. Wegen Beihilfe zum Mord.
Viele Jahre sollte er dort zubringen, doch da er nicht der
Hauptmörder, sondern Mittäter war, jedoch der einzige der
Bande, der sich gestellt hatte, hatte er die Hoffnung, wegen
guter Führung vor der Zeit freizukommen.
Jahr um Jahr zog ins Land. Der gerechte Mann und sein Herz
studierten Tag um Tag Bücher, die den Geist nährten und
belebten. Nach seiner Missetat wollte der gerechte Mann nie
wieder auch nur ein einziges böses Wort sagen, denken oder
gar lesen.
Moralische Lektüre füllte seine Gefängniszelle, die er alleine
besaß und mit frohem Gemüt aufgrund des Wissens, dass er
zu Recht hier einsaß, lebte er die Zeit im Gefängnis ab.
Die Haushälterin und der Fremde besuchten in recht häufig
und brachten immer neue Lektüre für sein Studium mit.
Eines Tages erhielt der gerechte Mann einen Brief vom Herrn
des Herzchens, dem Bruder seines Opfers, was ihn sehr
überraschte.

Darin stand:

Mein lieber Freund,

nun sind es bereits einige Jahre, nach dem Sie mir meinen Bruder genommen haben. Doch lässt mich Ihre Handlungsweise und Ihre Worte und Reue und Ihr freiwilliges Einsitzen im Gefängnis nicht los.
Ich weiß, dass Sie niemals töten wollten, ich weiß, dass Sie durch und durch gut sind.
Was auch immer Sie damals dazu getrieben hat, Böses zu tun, hat Sie wie ein Sturm angegriffen und überwältigt. Ich weiß, dass Sie nicht aktiv am Mord teilgenommen haben, sondern nur passiv.
Dafür verurteile ich Sie nicht länger.
Da es meinen Bruder aber nicht zurückbringt, wenn ich Sie hasse und da mein lieber Bruder genau wie ich ein Anhänger Ihrer Lehre Ihres Gottes sind, möchte ich Ihnen heute mitteilen, dass ich Ihnen aus tiefstem Herzen vergebe.
Es hat sehr lange gebraucht, dies zu schreiben und erst recht, es zu fühlen. Aber Vergebung besteht nicht darin, sofort nach dem Vergehen, jemandem diese Tat gut zu reden, als wäre nichts geschehen. Man darf es verarbeiten, es genau ansehen und heilen lassen, diesen Schmerz.
Und dann sollte man aussöhnen und vergeben. Nicht, um den Getöteten, das Vergehen, das Böse zu übergehen. Nein. Sondern, um sich selber Frieden zu geben. Und dem anderen. Besonders dann, wenn es ihn schrecklich reut.

Ich vergebe Ihnen, mein Freund und ich grüße Sie mit dem Kuss des Friedens!

Ich trage Ihnen nichts nach und nach Ihrer Entlassung sorgen Sie sich nicht, Sie brauchen nicht mein Knecht zu werden. Gehen Sie ruhig Ihres Weges! Ich denke, Sie sind sich Hölle selbst genug, aufgrund des Wissens über Ihre Tat.
Friede sei mit Ihnen.

Und um es in Ihrer Lehre Ihres Gottes auszudrücken:

„Wenn dein Bruder sündigt, weise ihn zurecht; und wenn er sich ändert, vergib ihm. Und wenn er sich siebenmal am Tag gegen dich versündigt und siebenmal wieder zu dir kommt und sagt: Ich will mich ändern!, so sollst du ihm vergeben."